Knaus
K

Christoph Süß

Morgen letzter Tag!

Ich und Du und der
Weltuntergang

Knaus

Abbildungen

Getty Images, München: 107 (Scott Peterson/Kontributor/ Getty Images News); Maecius (www.flickr.com): 153; Picture Alliance, Frankfurt: 19 (dpa), 41 (dpa-Fotoreport), 141 (dpa), 203 (Süddeutsche Zeitung Photo); Edda Schlager: 133; Tarotkarte: 210; www.vhemt.org: 58 (created by Nina Paley in collaboration with Les U. Knight); http://shop.amctv.com/products/102751-the-walking-dead-season-one-blu-ray: 186; aus Internet: 51; Die Rechteinhaber einiger Abbildungen konnten trotz intensiver Recherche bis Redaktionsschluss nicht ermittelt werden. Der Verlag bittet Personen oder Institutionen, welche die Rechte an diesen Abbildungen haben, sich zu melden.

FSC
www.fsc.org
MIX
Papier aus verantwortungsvollen Quellen
FSC® C014889

Verlagsgruppe Random House FSC-DEU-0100
Das für dieses Buch verwendete FSC®-zertifizierte Papier
EOS liefert Salzer Papier, St. Pölten, Austria.

1. Auflage

Gesetzt aus der Scala Serif von
Buch-Werkstatt GmbH, Bad Aibling
Druck und Einband: Friedrich Pustet KG, Regensburg
Printed in Germany
ISBN 978-3-8135-0424-8

www.knaus-verlag.de

Eine Geschichte ist dann
zu Ende gedacht, wenn sie
ihre schlimmstmögliche
Wendung genommen hat.

F. Dürrenmatt

Inhalt

Prolog

Eine Meinung nimmt an Gewicht zu,
wenn man sie mit anderen teilt.

Wovor wir Angst haben – eine total unvollständige Sammlung

Vor der Finanzkrise und der Bankenkrise. Dem Euro. Griechenland. Überhaupt vor Europa. Vor dem Klimawandel. Dem Ökofaschismus. Überschwemmung. Wassermangel. Vor Überfluss. Vor Knappheit. Vor Terroristen. Fundamentalisten. Idealisten. Kommunisten. Kapitalisten. Dem Antichristen. Christen. Moslems. Juden. Hindus. Sekten. Insekten. Langeweile. Amerikanern. Chinesen. Indern. Pakistanis. Polen. Negern. Überhaupt Ausländern. Nachbarn. Männern mit Bart. Frauen mit Bart. Der Wissenschaft. Verblödung. Vor Gutmenschen. Vor bösen Menschen. Unmenschen. Übermenschen. Untermenschen. Überhaupt vor Menschen. Vor Bakterien und Viren. Vor der Zerstörung der Umwelt. Vor Staus. Vor der Kernkraft. Davor dass der Strom ausfällt. Vor Windrädern. Monokultur. Vielfalt. Davor, dass zu viele Ausländer kommen, davor, dass zu wenige Ausländer kommen. Vor dem Passiv-Rauchen. Vor Salz. Zucker. Dem Essen. Diäten. Davor, auf die Straße zu gehen, davor, daheim zu bleiben. Vor EHEC. Schweinegrippe. Vogelgrippe. Überhaupt Grippe. Vor Antibiotika-Resistenz. Wirbelstürmen. Überschwemmungen. Anarchie. Der

Regierung. Der Verwaltung. Korruption. Drogen. Alkoholverbot. Dem Autofahren. Einem Tempolimit. Ressourcenknappheit. Überangebot. Deflation. Inflation. Börsencrash. Blasenbildung. Vor den Politikern. Den Konzernen. Den Investmentfirmen. Vor Armut. Demütigung. Dem Teufel. Gott. Der Jugend. Dem Erwachsenwerden. Dem Alter. Vor Giften. Medikamenten. Peinlichkeit. Kleinlichkeit. Heimlichkeit. Engen Räumen. Weiten Plätzen. Zu fett werden. Anorexie. Alzheimer. Nicht vergessen können. Liebe. Einsamkeit. Vor dem Chef. Den Kollegen. Vor Mobbing. Teilnahmslosigkeit. Vor Isolation. Vor Sattheit. Vor dem Hunger. Dekadenz. Askese. Vor dem Internet. Davor, kein Netz zu haben. Vor Arbeitslosigkeit. Stress. Burn-out. Langeweile. Der Zukunft. Der Vergangenheit. Kinderlosigkeit. Überbevölkerung. Jugendgewalt. Staatsgewalt. Überhaupt Gewalt. Katastrophen. Ereignislosigkeit. Organhandel. Herzlosigkeit. Herzinfarkt. Herzschmerz. Überkomplexität. Unterkomplexität. Überhaupt Komplexität. Explosionen. Implosionen. Davor, overdressed zu sein. Underdressed zu sein. Vor Sex. Enthaltsamkeit. Frauen. Männern. Kindern. Hunden. Rentnern. Wespen. Dem Bienensterben. Vor Depression. Vor Antidepressiva. Vor feindlichen Übernahmen. Firmenschließungen. Firmenfusion. Ladenhütern. Revolution. Konformität. Veränderung. Davor, dass es immer so weiter geht. Davor, dass alles anders wird. Vor dem Ausgeschlossensein. Dem Eingeschlossensein. Dem Unentschlossensein. Vor dem Zweifel, dem Wissen und dem Glauben. Vor dem Tod und dem Leben. Und selbstverständlich vor dem Weltuntergang oder vielleicht noch mehr

davor, dass sie wieder mal nicht untergeht, die Schweinekugel.

Der Anfang vom Ende – oder ein Vorwort des Autors

Ah, ein Kontakt. Schön. Der Autor freut sich, dass Sie sein Buch in die Hand genommen haben. Denn genau deswegen hat er es geschrieben. Damit er mit Ihnen in Beziehung treten kann – wie lose das Band auch immer sein mag – und damit Sie von dem, womit er Sie bemeint, inspiriert und amüsiert werden. Auf der anderen Seite ist seine Freude darüber, Sie dazu bekommen zu haben, dass Sie diese Zeilen hier lesen, auch nicht ungetrübt. Denn falls Sie sich entscheiden sollten, das Buch, das Sie in Händen halten, käuflich zu erstehen – oder das sogar schon getan haben –, dann lässt sich an dieser Stelle schon sagen: Zumindest eines der Anliegen, die in diesem Buch formuliert sind, ist damit gescheitert. Spricht sich doch der Autor für »weniger« aus. Weniger Konsum. Weniger Wachstum. Überhaupt weniger, weil ja das »immer mehr« unser Problem ist. Er wird sich zivilisations- und kapitalismuskritisch äußern. Er wird herleiten, dass unbegrenztes Wachstum auf einem Planeten, der notwendig begrenzt ist, direkt in eine Krise führen muss. Er wird zerknirscht vor einer düsteren Zukunft warnen und händeringend zur Umkehr aufrufen.

Gleichzeitig aber ist das Buch, welches Sie jetzt in Händen halten, nichts anderes als ein Produkt. Erzeugt, um ge-

nau dieses Wachstum, vor dem das Buch warnt, zu mehren. Erzeugt mittels nicht zu knappen Verbrauchs von schwindenden Ressourcen, unter nicht zu knapper Produktion von mehr oder weniger toxischem Müll und mittels Nutzung einer Organisation von Arbeitskraft und Kapital, die man, unter Gerechtigkeitsaspekten betrachtet, gelinde gesagt als missglückt bezeichnen muss. Dennoch, gemeinsam mit dem Verlag hat der Autor nach einem Titel gesucht, der genügend »catchy« ist, um Ihre Aufmerksamkeit zu erregen. Viel ist über das Cover nachgedacht worden. Es sollte ansprechend sein, attraktiv im wahrsten Sinne des Wortes, damit es aus der Unzahl der vergleichbaren Produkte herausragt. Unstrittig erschien allen, dass ein Foto des Autors auf das Cover soll, um seine mittelprächtige Prominenz zu verwenden, damit Sie dieses Buch aus dem Meer der Angebote herausgreifen. Wohlgemerkt, um es zu kaufen. Ob Sie es auch lesen, ist schon eine Luxusfrage, freilich eine, die den Autor während des Schreibens immerzu beschäftigt hat. Ständig lag er sich und anderen mit Fragen in den Ohren, ob das Geschriebene auch verständlich genug, witzig genug, interessant genug, relevant genug sei. Eine Frage des Ethos von einem, der schreibt, um Kontakt zum Leser herzustellen. Weil er meint, dass das, was er zu sagen hat, für dessen Leben – ein Leben übrigens, über das der Autor nichts weiß und auch nichts wissen kann – relevant genug sei, um ihn dazu zu bekommen, das Buch zu kaufen. Aber – machen wir uns nichts vor – das ist die Hauptsache: Sie sollen konsumieren. Sie sollen ein Produkt kaufen, das sich paradoxerweise gegen mehr Konsum ausspricht und Sie auf-

fordert, mehr als nur ein Konsument sein zu wollen. Also, man könnte an dieser Stelle schon wieder Schluss machen.

Das Projekt abblasen.

Einpacken.

Kinder, das wird nichts.

So geht das nicht.

Nur, wie ginge es anders?

Eines der ganz großen Vorhaben, dem Kapitalismus ein Schnippchen zu schlagen, war in den 90er-Jahren des letzten Jahrhunderts versucht worden. In Seattle bildete sich eine Musikszene mitsamt dazugehöriger Jugendbewegung, die sich nicht bewegen wollte. Die Kinder wollten nämlich nichts kaufen. Sie zogen sich die alten Holzfällerhemden von Opa an, die nach dessen Ableben ungenutzt im Schrank hingen, ließen sich die Haare sogar im Gesicht wachsen und verschanzten sich solchermaßen verunstaltet in den verwaisten Partyräumen ihrer Eltern, um dort zu schmollen.

Die Bands, die das Lebensgefühl dieser konsumophoben Kinder besangen, schmollten vor.

Das Publikum schmollte nach.

Aber keiner kaufte was. Eine echte Attacke auf den Konsumwahn.

Doch kurz nachdem kundige Jugendbewegungsverorter, die von großen Konzernen angestellt werden, um den mäandernden Trends der Adoleszierenden auf den Fersen zu bleiben, von dieser Bewegung der gemeinsamen Passivität erfahren hatten, gab es die Holzfällerhemden für teures Geld in allen Boutiquen der Welt zu kaufen. Und Langhaar-

frisuren nebst dazugehörendem Ziegenbart wurden von modebewussten Coiffeuren liebevoll eingefettet, um den jugendlichen Rebellen des »Grunge« ästhetisch den letzten Schliff zu geben. Die zerrissenen und abgenutzten Jeans der Kids gab es »stonewashed« (also in simuliert gebrauchtem Zustand) zu kaufen. Und die Bands, die das misanthropische Lebensgefühl der antikapitalistisch gestimmten Kinder in die Welt hinausrotzten, wurden Multimillionäre. Kurz – die Rebellion war gescheitert und von der großen breiten Massenkultur eingemeindet worden.

Nun, man sollte meinen, spätestens seit sich das Antlitz des kubanischen Revolutionsführers Che Guevara geschmeidig auf olivgrüne Designer-T-Shirts fügt, echauffiere sich niemand mehr über so eine Antinomie.

Ich aber bin immer noch ein Anhänger einer gewissen weltanschaulichen Stimmigkeit. Und also versuche ich ein Buch zu verkaufen, das den Verkauf von Sachen generell kritisch bewertet. Dabei ist mir freilich klar, dass all das, was in dem Buch geschrieben steht, nur dann irgendeine – wie auch immer geartete – Wirkung zeitigen kann, wenn sehr viele meiner Bücher verkauft werden. Auf der anderen Seite werde ich mich im Folgenden jedoch öfter gegen das »sehr viel« und »immer mehr« aussprechen. Das Ganze ist ein Paradox: Nur wenn das Buch ideologisch scheitert, also im kapitalistischen Sinne ein Erfolg wird, hat es die Möglichkeit, als »Kritik« wirksam zu werden.

Hätte der Autor also auf sein ohnehin eitles Projekt verzichten sollen, ebenso wie Sie darauf verzichten sollten, weiter in dem Buch zu lesen?

Sollte man stattdessen nicht besser auf die Straße gehen, um seinen Unmut über die Verhältnisse als »Wutbürger« kundzutun? Sicher, auf einem Transparent, das man auf einer Demo mitführt, kann man kaum einen komplexen Gedanken entwickeln, aber ist nicht schon genug gedacht worden? Sollte man nicht besser endlich in Aktion treten? (Wobei dabei immer mitschwingt, das Denken an sich sei keine Aktion.)

Jetzt handeln!

Jetzt eine Veränderung des Veränderungswürdigen erzwingen!?

Das klingt zunächst gut, aber der slowenische Philosoph Slavoj Žižek weist zu Recht darauf hin, dass auch Demonstrationen als politischem Mittel zumindest mit einer gewissen Zwiespältigkeit begegnet werden muss. Als zum Beispiel während des zweiten Irakkriegs in Europa Zehntausende auf die Straßen gingen, um mit Slogans wie »Kein Blut für Öl« gegen die amerikanische Politik zu demonstrieren, da bemerkte George W. Bush: »Sehen Sie, genau dafür kämpfen wir: Damit das, was Sie hier tun – gegen die Politik Ihrer Regierung zu protestieren –, auch im Irak möglich wird.«

Der Protest also nur als Bestätigung? Ein Protest, bei dem sich jeder wohlfühlt, sowohl der Protestierende, weil er ja moralisch im Recht ist, als auch derjenige, der Ziel des Protests ist, und zwar weil er ja *auch* moralisch im Recht ist?

Könnte sein, dass das nichts bringt.

Nicht unähnlich wurde in Deutschland die »Bewegung«

der »Wutbürger« wahrgenommen, die sich wahlweise gegen die Laufzeitverlängerung von Atomkraftwerken oder Stuttgart 21 oder was weiß ich richtete. Im Grunde sind alle dafür, dass immer mehr Menschen dagegen sind. Die Medien schwärmten, dass jetzt endlich auch diejenigen auf die Straße gingen, die es noch nie getan hätten. Der Bürger reibe sich den politischen Schlaf aus den Augen, vorbei die Politikmüdigkeit, rein in die Aktion. Und auch in der Politik lobte man das neue Bürger-Engagement. Also entweder war da eine Veränderung im Gange, die niemandem Angst machte, weil alle damit einverstanden waren, oder es war *keine* Veränderung im Gange, und deswegen hatte auch keiner Angst.

Diese Vermutung wird gestützt, wenn man sich den Begriff »Wutbürger« einmal ansieht. Was sagt er? Der Bürger ist also wütend. Wer wütend ist, der ist emotional und irrational. Der muss sich mal Luft machen. Die Wut muss man mal rauslassen – und ist die Wut erst raus, ist dann die Luft auch raus? (Noch lässt sich das nicht so genau sagen. Der Reaktorunfall in Fukushima hat der Antiatomkraftbewegung so viel Schub gegeben, dass sie zu einer wirklichen Veränderung in der deutschen Atompolitik geführt hat. Nur die Demonstrationen allein hatten die Mächtigen seit Jahrzehnten schmerzfrei ausgesessen.)

Wir hatten alle womöglich zu lange gedacht, die Politik sei nur ironisch gemeint. Eine Demokratie-Simulation, deren einziges Problem es war, wenn man alle vier Jahre an der Wahlbeteiligung merken konnte, dass immer mehr Mitmenschen gemerkt hatten, dass es sich nur um eine

Hatte man nicht insgeheim gehofft, die Tepco-Truppe hätte irgendeine Art von Supergau-Action-Team mit Spezialgeräten? Einen Roboter? Cyborgtechnologie? Mechazilla, den Antiatom-Giganten? Nun, hatten sie nicht. Sie hatten nur Trainingsanzüge und verzweifelte Höflichkeit.

Simulation handelte. Deswegen hatten sie an einem schönen Sonntag etwas Wichtigeres zu tun, als ihre kleine Statistenrolle zu spielen und den Status quo zu bekreuzigen. Aber das war auch nicht sehr schlimm, weil man ja wusste, wer immer auch gewählt wird, am Ende gewinnt ein Sozialdemokrat, egal von welcher Partei. Nur dass die Sozialdemokraten von der Union und von der FDP uns vielleicht ein bisschen mehr bescheißen als die von der SPD oder den Grünen oder der Linken.

Jeder hatte das Gefühl, wenn es wirklich mal hart auf hart kommt, dann kommen schon die Profis und richten alles. Nun aber haben uns die Finanzkrise, das Ölbohrloch im Golf von Mexiko und Fukushima gezeigt, dass auch die

sogenannten Profis nicht wirklich wissen, was sie tun. (In Fukushima wollte man ein Leck in der Reaktorwand mit Zeitungspapier und Sägespänen abdichten. Im Golf von Mexiko hat man es mit alten Golfbällen und sonstigem Abfall versucht. Das ist schon gruselig, denn so was Ähnliches wäre wohl jedem eingefallen! Also wirklich *jedem!*)

Was tun? Ihnen vergeben? Das wäre christlich.

Aber das wirkliche Problem ist, dass wir jetzt zu merken beginnen, dass möglicherweise wirklich alle Macht vom Volke ausgeht. Und das wären dann wiederum wir. Was aber wiederum bedeutet, dass wir auch verantwortlich sind. Wir – und nicht die »Profis«, diese ominöse Deus-ex-machina-Eingreiftruppe, mit der wir insgeheim doch immer gerechnet haben.

Schön, nur wenn wir am Drücker sind, dann müssten wir auch wissen, wo drücken. In welche Richtung? Was ist der Plan? Aber auch wir haben keinen. Und – noch schlimmer: Wir wollen auch keinen. Denn wenn man sich im eigenen Leben umsieht, dann will man meist eigentlich überhaupt keine Veränderung! Es eint ja den Bürger und den Politiker der Imperativ, es solle alles so bleiben, wie es ist! Es solle nur nicht schlechter werden! Und wenn es schon schlechter werden muss, dann bitte nicht in unserer Lebenszeit.

Denn es geht uns ja gut! Sehr gut sogar.

Ja. Wer gegen den Kapitalismus wettert, begibt sich heute in eine seltsame Position. Immerhin befinden wir uns in einer Welt, die scheinbar die »beste aller möglichen Welten« darstellt. Bei allem, was da zu bekritteln ist: Historisch

gesehen ging es keiner Generation vor uns auch nur annähernd so gut. Noch nie war das Leben so luxuriös, derart offen, voller Möglichkeiten zur persönlichen Entfaltung. Und könnte man in die Vergangenheit reisen, um den eigenen Vorfahren von unserem Leben hier zu berichten, sie würden die Gegenwart wohl für die Erfüllung all ihrer Träume halten und darüber hinaus. Also erscheint die Idee, das zu kritisieren, was diese Errungenschaften überhaupt erst möglich gemacht hat, auch noch vom Geist der Undankbarkeit geprägt. Es ist die luxuriöse Haltung derjenigen, die Nutznießer waren und sind und die jetzt die paranoide Angst haben, ihre Pfründe könnten in naher Zukunft versiegen, obwohl doch offensichtlich alles um sie herum bestens funktioniert.

Und dennoch, mir scheint dieses Glück nicht von Dauer. Seine Fundamente wirken auf Sand gebaut. Warum?

Ein ganz einfaches Beispiel: Für einen roten Thunfisch sollen kürzlich 200 000 Dollar bezahlt worden sein. Weil roter Thunfisch so selten geworden ist. Aber alle Sushi-Freunde auf dem Planeten wollen ihn so gern essen und sind bereit, hohe Preise für dieses Vergnügen zu bezahlen. Nur, was bedeutet es, wenn man für einen roten Thunfisch 200 000 Dollar bezahlt? Dass der nächste, den man aus dem Wasser zieht, wohl noch mehr bringen wird. Sicher, der Fisch ist vom Aussterben bedroht, vielleicht wird er demnächst sogar unter Artenschutz gestellt. Aber dann wird er nur noch teurer, und der Anreiz, ihn noch gnadenloser zu bejagen, steigt weiter. Bis er weg ist.

Tja, wenn Sie kein Sushi mögen, was kümmert es Sie?

Es geht hier um das destruktive Element, das dem System, das unser Zusammenleben organisiert, innewohnt. Der Kapitalismus begegnet uns immer öfter im Gewand des Gottes Shiva, der sowohl für Zerstörung als auch für Wiedergeburt zuständig ist. Das Problem dabei: Der kapitalistische Shiva kann den roten Thunfisch nicht wiederauferstehen lassen, nur das Bedürfnis nach ihm *substituieren*. Dann kommt halt was anderes in das Reisröllchen. Aber der Thunfisch ist weg. Bleibt weg. Und das passiert mit immer mehr Arten, Dingen, Werten. Sie sind weg und bleiben es auch. Und man wird gar nicht gefragt, ob man wenigstens hätte Abschied nehmen wollen.

An diesem Punkt muss allerdings angemerkt werden, dass man sich um die Welt an sich keine Sorgen zu machen braucht. Zumindest dann nicht, wenn man mit »Welt« unseren Lieblingsplaneten Erde meint. Die Kugel gilt als recht robust und hat deutlich Schlimmeres erlebt als den derzeitigen Menschenbefall. Gerettet werden muss dagegen die Menschheit. Und vermutlich steht nicht mal deren Überleben insgesamt auf dem Spiel. Allerdings das Überleben von sehr vielen. Und auch vielleicht von all dem, was wir so an sich gut und richtig finden. (Oder sollte ich besser sagen, was *ich* richtig finde?)

Nun, was genau bedroht ist und warum und ob, und was man vielleicht oder vielleicht auch nicht dagegen tun könnte, ist das Thema dieses Buches. Und ein wichtiger Punkt innerhalb dieser Gemengelage ist eben ein kritischer Blick auf Wachstum, Konsum und Kapitalismus. Um den aber an Sie (also an den Mann oder die Frau) zu bringen, muss

ich die Verbreitungsmöglichkeiten des Kapitalismus nutzen. Dumme Sache.

Zunächst scheint mir also nichts anderes übrig zu bleiben, als auf der einen Seite zwar den Satz von Theodor W. Adorno, es gebe kein richtiges Leben im falschen, zu akzeptieren, auf der anderen Seite aber zu konstatieren, dass es im Moment für jemanden wie mich, der das Bedürfnis hat, sein Denken mit anderen zu teilen, gar keine andere Möglichkeit gibt. Will sagen: Machen wir das Beste aus unserem merkwürdigen virtuellen Treffen, auch wenn es zunächst nur unter dem Vorzeichen des asymmetrischen Verhältnisses von Kunde und Produzent abzulaufen hat. Versuchen wir doch miteinander so eine Art von Bund einzugehen. Ich denke nach und trage vor, Sie denken nach und tragen mir dann nichts nach, sondern wiederum Ihrerseits vor. Ihren Freunden. Und die denken dann wieder nach. Und immer so weiter.

Versuchen Sie also die Ware, die Sie in Händen halten, nicht für eine solche zu halten, sondern mehr für so etwas Altmodisches wie einen Brief eines besorgten und verwirrten Freundes, der seine Gedanken vor Ihnen ausbreitet, in der stillen Hoffnung, Sie mögen für die Fragen, die er aufwirft, bessere Antworten finden als er. Sonst könnte es sein, dass sich in naher Zukunft schon herausstellt, der einzige Wert dieses Buches liegt in seinem Brennwert. Und die einzig relevante Frage für künftige Generationen ist: Reicht dieser Brennwert aus, um einen toten Hund zu grillen?

1. VORHANG

Die Geschichte vom Weltuntergang

»Jemand schreit, jemand schimpft. Ein Mann und
eine Frau streiten sich, der Mann will anscheinend
die Frau verlassen. Die Frau wimmert.
Eine Scheibe klirrt. Jemand reißt eine Tür auf.
Jemand fällt herunter. Dann Stille. Dann eine
Männerstimme: Da war ja gar kein Balkon!«

Tankred Dorst, »Merlin oder Das wüste Land«

Weltuntergang – wann klappt's denn endlich?

In unserer Welt, die gern aus alter Gewohnheit als »die westliche« bezeichnet wird, was allerdings spätestens seitdem man herausgefunden hat, dass die Erde keine Scheibe, sondern eine Kugel ist, mindestens als gedankliche Schludrigkeit zu tadeln wäre, kommt doch immerhin jeder, der auf einer Kugel nach Westen geht, auch irgendwann nach Osten; in dieser Welt also ist es nun schon seit Jahrhunderten, gar Jahrtausenden Usus, ihren nahen Untergang herbeizuunken. Und wer als Bewohner dieses sogenannten Westens in Wort und Schrift über das nahe Ende der ebenfalls schludrigerweise »westlich« genannten Zivilisation menetekelt, darf sich sogleich in eine lange Tradition eingereiht sehen.

Meist wurde und wird der grantelnde Gott bemüht, der, des sündigen Treibens seiner Schöpfung müde, droht, demnächst wahlweise durch Sintfluten, Feuer, Heuschrecken, Pest, Todesengel oder sonst eine Scheußlichkeit die Erde zu entvölkern. Erschöpfung der göttlichen Geduld mit der Schöpfung also, inklusive Strafgericht für die besonders schweren Fälle. Wenn allerdings Sünde vererbt werden kann, ist freilich keiner frei von Schuld. Eine

schaurig-schöne Vorstellung, die die Sünder das Gruseln lehren und sie läutern sollte. Was wohl auch immer wieder mal für einzelne Gruppen phasenweise funktioniert hat; doch schlussendlich musste man das Ende immer wieder enttäuscht auf ein ungewisses Später verschieben. Vom Berggipfel, auf dem man demütig den Zorn des Herrn erwartete, gedemütigt wieder hinabsteigen.

Die himmlische Abrechnung lässt bislang auf sich warten.

Gut, nicht aufgeben. Kann ja alles noch kommen.

Doch nicht nur Gott wurde bemüht, um Läuterungsempfehlungen an all diejenigen auszusprechen, die noch nicht bemerkt haben sollten, dass sich das Ende ankündigte. Auch bei den – in theologischen Fragen oft recht flexibel scheinenden – Griechen und Römern wurde regelmäßig der nahe Untergang verkündet. Nicht unbedingt gleich der ganzen Welt, aber doch zumindest eines Teils der Welt, nämlich jenes Teils, den man mit Recht als solche bezeichnen konnte, der eigenen Welt nämlich, also der zivilisierten. Schuld waren aber auch hier moralische Verfehlungen. Mangelnder Gehorsam der Jugend, sexuelle Unzuverlässigkeit und sinnleere Genusssucht der Bevölkerung – dieses als unschön empfundene Ermüdungsgemisch wurde allzu meist als Grund für das sich abzeichnende Ende angeführt.

»O tempora! O mores!«, soll der beredte Cicero ausgerufen haben, um öffentlich über den offensichtlichen Niedergang der römischen Kultur kopfzuschütteln. Heute kennen wir das unter dem Begriff »spätrömische Dekadenz«. Als diese Dekadenz aber ihre ersten Höhepunkte hatte (in diesem Zusammenhang ein doppeldeutiger Begriff), da zog

sich das mit dem Niedergang dann doch noch hin. Das Römische Reich bestand dann noch gut ein halbes Jahrtausend. Für die Menschen, die sich damals in diesem »spätrömischen« Reich tummelten, muss es sich ganz stabil angefühlt haben. Aber was wussten die schon, diese Verblendeten! Immerhin hatten die Mahner am Ende recht behalten.

Man muss nur Geduld haben. Schlussendlich haben sich noch die meisten Kulturen irgendwann aus der Geschichte verabschiedet. Und warum? Nun, so genau weiß das keiner. Multikausal, sagt man. Und damit eine Frage der Deutung. Also könnte es doch auch an der besagten moralischen Zerrüttung gelegen haben.

Oder sollten die Mahner nur deswegen so auf dem moralischen Verfall als Grund für das nahe Zivilisationsende bestanden haben, weil man vergessen hatte, sie zu den Orgien einzuladen, die eben nicht den Untergang, sondern jede Menge Spaß brachten?

Weltmüdigkeit aus Neid und Frustration?

Das mag im Einzelfall so gewesen sein, wir wissen es nicht. Nur eines scheint klar: Wer den Untergang prognostiziert, hat anscheinend klammheimlich auch so seine Freude dran.

Kommen wir also zunächst einmal zurück zur Abteilung »Untergang aus religiösen Gründen«.

Da freut man sich nicht nur heimlich auf den Untergang, sondern sogar unheimlich. Will sagen öffentlich. Denn der Untergang bedeutet ja im Bereich des religiösen Denkens keine Katastrophe in dem Sinn, sondern ihr Gegenteil, das

große Comeback des Heilands. Das verlorene Paradies wird wieder installiert, und ein großes Gericht stellt endlich die im Alltag vermisste göttliche Gerechtigkeit wieder her. Und noch ein großer Vorteil: Der Untergang betrifft wirklich alle. (Nur wenige der Gerechten werden verschont.) Es bleibt also keiner übrig, der ungerechtfertigterweise vom Schicksal verschont bleibt und sich über die Gewesenen lustig machen kann. Der totale Untergang hat so etwas Sozialistisches. Die Gerechtigkeit des absoluten Nullpunkts. Alle Menschen sind dann gleich. Gleich tot.

Erst kürzlich hatte ein amerikanischer Prediger mit dem lustigen Namen Camping wieder einmal das nahe Ende der Welt verkündet. Und zwar für den 21. Mai 2011. Da sollte die sogenannte Entrückung (engl.: »rapture«) stattfinden. Hierbei werden diejenigen, die vor dem Weltuntergang, der dann etwa fünf Monate später stattfindet, gerettet werden sollen, direkt in den Himmel praktiziert. Beam me up, Gotty!

Nach den Schätzungen von Herrn Camping müssten wir also am 21. Mai 2011 ungefähr 200 Millionen Mitmenschen verlustig gegangen sein. (Immerhin! Wer hätte gedacht, dass es so viele sind. Diese Zahl wird uns übrigens gegen Ende des Buches verrückterweise noch einmal begegnen. Allerdings ist »Rettung« dann nicht mehr die Überschrift.) Diese reinen Seelen würden dann dem himmlischen Endspiel auf Logenplätzen in der Nähe des Herrn beiwohnen und zusehen, wie die gemeinen Sünder vom Angesicht der Erde getilgt werden.

Wie Sie wissen, war's wieder mal nix. Aber woher wissen wir das? Immerhin leben mittlerweile fast sieben Milliar-

den Menschen auf unserem unübersichtlichen kreisenden Debakelplaneten. Hunderte von Millionen sind nicht registriert, ballen sich in Megacitys ohne Einwohnermeldeamt, unerfasst von Behörden oder Verwaltungen. Wenn da über die Welt verteilt Einzelne der Gnade des Herrn teilhaftig werden und verschwinden, würde die Welt das bemerken? Wohl eher nicht. Immerhin verschwinden in diesen Gebieten doch täglich Menschen, ohne dass die Weltöffentlichkeit davon Notiz nimmt. Also? Hatte Herr Camping doch recht? Oder besser, könnte er recht gehabt haben? Die Entrückung hat stattgefunden, nur die Welt hat es nicht mitbekommen, weil eben nur die Armen und Unterprivilegierten entrückt wurden? (Was wenig verwundern dürfte, immerhin geht ja ein Reicher, wie man weiß, nur ganz schwer durch ein Nadelöhr. Und deswegen auch nur mit Mühe in den Himmel.) Aber nein, die Entrückung hat nicht stattgefunden, da ist sich Herr Camping sicher, denn er selbst ist ja nicht entrückt worden, sondern im Gegenteil immer noch bei uns, ebenso wie seine Anhänger. Und die (da sind sie ganz sicher) wären, hätte die Entrückung stattgefunden, ebenfalls mit in den Himmel aufgestiegen. Wir Ungläubigen könnten diese Sicherheit als mangelnde Demut deuten, aber was zählt schon die Meinung von Verdammten?

Also, es war nix mit dem 21. Mai 2011. Schad. Das dürfte aber sogar für die Anhänger des Endzeitpropheten nicht wirklich überraschend gewesen sein, immerhin hatte er den gleichen Vorgang schon für 1994 angekündigt. Interessant ist, dass nach dem von Gott nicht wahrgenommenen Termin 1994, als Herr Camping und seine Jünger zum

ersten Mal vom Herrn versetzt worden waren, die Anzahl der Anhänger des Propheten nicht sank. Man hätte das ja vermuten können, immerhin hatte die Gemeinde nun eine empirische Grundlage zur Überprüfung der prophetischen Gabe des Propheten, und die machte ihn nicht glaubwürdiger. Da könnte man, selbst ganz Prophet, Enttäuschung bei den Finalophilen prognostizieren und deswegen eine Abwanderung der Anhängerschar vorhersehen. Aber das Gegenteil war der Fall! Die Gemeinde wurde größer.

Jetzt werden Sie sagen, mei, halt noch ein paar Deppen mehr. Die Weltbevölkerung wächst, da braucht man sich nicht zu wundern, wenn es auch mehr Deppen gibt. Sicher. Aber das ganze muntere Reden von der Endzeit hat eine nicht zu kleine theologische und politische Bedeutung. Dazu später mehr.

Zunächst aber eine kleine, total unvollständige Liste der Weltuntergangstermine, die die himmlischen Protagonisten Vater, Sohn und Geist nicht wahrgenommen haben:

Das erste Jahrhundert schenken wir uns, da erwartete man zum Frühstück die Wiederkunft des Herrn, zum Mittagessen, zum Kaffee und zum Abendbrot. Und wenn's nix war, dann halt am nächsten Morgen oder noch im Lauf der Nacht. Dann kühlte sich die Endzeit-now-Begeisterung doch ein wenig ab, und es mussten »begründete« Vorschläge gemacht werden.

1. Versuch

Im 2. Jahrhundert n. Chr. sah der Prophet Montanus das nahende Ende, weil der Geist über ihn gekommen war.

Das veranlasste später die Kirche, die Besitzverhältnisse am »Geist« ein für alle Mal zu klären. Ergebnis: Der Heilige Geist gehört nur der Kirche. Propheten von außerhalb der heiligen Mutter Kirche können aus Prinzip nicht vom Geist beseelt sein. Deswegen blieb das Ende wohl auch aus. Die letzte Erwähnung finden die Montanisten im Jahr 714, da verbrennt sich einer der Anhänger der Lehre selbst. Und da ja jeder Mensch eine kleine Welt für sich darstellt, endete sie also doch in diesem Jahr, für den armen Mann im Feuer. Grausig.

2. Versuch

Der nächste sichere Termin war auf das Jahr 500 angesetzt, da man errechnet hatte, dass die Welt 5500 v. Chr. erschaffen wurde (ein Montag vermutlich). Und da man davon ausging, ihr Haltbarkeitsdatum würde nach 6000 Jahren enden, sollte sie deswegen ordnungsgemäß im Jahr 500 vom Herrn aus dem Weltregal genommen werden. Aber wie bei so vielen Sachen war auch die Welt noch nach Ablauf der Haltbarkeit zu gebrauchen. Anschließend besann man sich und datierte die Erschaffung der Welt auf das Jahr 5200 v. Chr. vor. Also sollte es im Jahr 800 so weit sein. Ergebnis siehe oben.

3. Versuch

Der Hammer-Termin schlechthin war freilich der 31.12.999, da musste es klappen. Immerhin ist die Zahl 999, wenn man sie auf den Kopf stellt, 666. Und 1000 Jahre sind dann auch vorbei. Also an sich eine klare Sache. Das verkündete

auch Papst Silvester II. Also, Papst Silvester verkündete an Silvester, dass das nun das letzte Silvester sein würde. Nach dem Riesenfeuerwerk würde der 1. Januar nicht mehr stattfinden – mangels Welt. Das löste eine europaweite Hysterie aus. Als man dann am 1. Januar aber doch wieder mit Kopfschmerzen erwachte, meinte der Papst klug, die Welt sei aufgrund seiner Gebete doch noch mal verschont worden. (Das Silvesterfest bekam seinen Namen allerdings von Papst Silvester I., der am 31.12.335 verstorben war.)

4. Versuch

Als Nächstes war das Jahr 1000 freilich ein heißer Termin, weil »Millennium«. Das Jahr 1033 aber auch, weil Jesus, wie man ja weiß, 33 Jahre alt geworden war. 1000 Jahre nach dessen Tod müsste doch nun aber wirklich ... Nein, wieder nichts.

Im 10. und 11. Jahrhundert häuften sich die Zeichen. Immer wieder sahen Astrologen neue helle Sterne, die wir Ungläubigen heute als explodierende Supernovae deuten würden, oder der Halley'sche Komet kam wieder mal vorbei. Alles klare Zeichen für das Weltende. Und nicht die einzigen. Hartmann Schedel berichtet in seiner berühmten »Weltchronik 1493« über den betreffenden Zeitraum von der Geburt eines vierfüßigen Huhns. Außerdem wurde ein Schwein mit menschlichem Gesicht geboren. (Das ist danach allerdings auch noch öfter vorgekommen.) Und ein Junge kam mit Hundeleib zur Welt. (Das gab's hoffentlich danach nie mehr. Könnte jedoch bald wieder so weit sein, wenn jemand dem unheimlich kreativen Genforscher

Craig Venter von der Geschichte erzählt.) Und Blut geregnet hat es auch. Dennoch ließ der Herr die verschiedenen von Experten vorgeschlagenen Termine für das Weltende ungenutzt verstreichen.

5. Versuch

Die Drei-Zeiten-Lehre von Abt Joachim von Fiore teilt das Dasein in drei Phasen: 1. Die Zeit des Vaters. 2. Die Zeit des Sohnes. 3. Die Zeit des Geistes. (Wäre schön, wenn die dann demnächst anbrechen würde.) Dieses dritte Zeitalter wird auch das »Dritte Reich« genannt. Fußend auf dieser Lehre wurde für den Weltuntergang das Jahr 1260 errechnet. Danach wurde dann nachgerechnet.

6. Versuch

Für das Jahr 1524 hatten die Astrologen wieder eine unheilverkündende Konstellation im Angebot. Martin Luther wollte die »Apokalypse des Johannes« zwar zunächst gar nicht in seine Bibelübersetzung mit aufnehmen, sondern den irren Text in die Apokryphen verbannen. Dann aber hätte er den Papst schlecht als Antichristen beschimpfen können, denn leider kommt der Begriff wörtlich eben nur im letzten Kapitel des Neuen Testaments vor. Außerdem war sich Luther ebenfalls sicher, dass bis zum Jahr 1600 die Welt untergegangen sein würde. Was aber, wie jeder weiß, kein Grund war, nicht doch noch auf die Schnelle ein Apfelbäumchen zu pflanzen. Angeblich hatte Luther drei Termine für die Apokalypse vorgeschlagen, um sich dann aber schließlich auf das unverbindliche »bald« zu reduzieren.

7. Versuch

Das Jahr 1666 war schließlich rein rechnerisch ein Renner. 666 als die Zahl des Tieres. Und noch 1000 Jahre obendrauf (1000-jähriges Reich!). Da hätte es aber wirklich klappen müssen ... Aber, na ja ... hatte ja schon an Silvester 999 nicht funktioniert.

8. Versuch

1814 war wieder ein möglicher Termin, er wurde von der britischen Seherin Joanna Southcott als Weltuntergangstermin festgesetzt. Sie behauptete, mit dem Messias schwanger zu sein. Zehntausende Anhänger waren begeistert. Auch dann noch, als sie im Oktober 1814 plötzlich verstarb, ohne je schwanger gewesen zu sein. Egal. Ein schöner Event. Der Kult um die schein- und unheilschwangere Seherin hielt sich noch fast bis ins 20. Jahrhundert.

9. und 10. Versuch

Den 21. März 1843 hatten verschiedene Theologen errechnet. War nix. Deswegen sollte es dem Baptistenprediger William Miller zufolge genau ein Jahr später endlich so weit sein. Wieder nix. Miller verschob dann noch mal auf den Oktober desselben Jahres. Und ... Auch nix. Egal. Miller wurde Mitbegründer der bis heute in Amerika sehr erfolgreichen Adventbewegung. Einer religiösen Erweckungsbewegung, in der ständig auf die Wiederkunft des Herrn gewartet wird. Advent. Advent. Die Erde brennt.

11. bis 19. Versuch
1864 erwarten Reverend Irving und seine Anhänger das Ende.
1874: die Zeugen Jehovas.
1881: eine andere britische Wahrsagerin.
1891: der Gründer der Mormonen.
Dann natürlich 1900. Und 1901.
1914: noch mal die Zeugen Jehovas. Wieder kein Ende. Dennoch, für viele Europäer stimmt der Termin irgendwie doch, aber das sollte sich erst noch herausstellen. Im Ersten Weltkrieg geht tatsächlich die »alte Welt« der Kaiserreiche unter.
1919: wieder mal der Halley'sche Komet.
1925: noch mal die Zeugen Jehovas.

So, und jetzt machen wir dann langsam Schluss. Von da ab wird freilich noch Hunderte Male das Ende verkündet. Die Nazis errichteten ihr »Drittes Reich«, das freilich auch ein »1000-jähriges« sein sollte, aber »nur« zwölf schlimme Jahre hielt. Und sie organisierten auch gleich noch den Untergang mit. Der wurde dann später von Bernd Eichinger verfilmt.

Danach gab es noch unzählige Prophezeiungen des Endes. Manchmal verbunden mit sehr unschönen Szenen von Massenselbstmorden der Sektenmitglieder, die lieber tot sind als im Unrecht. Das Jahr 2000, Millennium II., war freilich wieder ein weltweiter Renner, aber nicht mal die Computer gingen aus. Und obwohl auf vielen Silvesterpartys »99 Luftballons« von Nena gespielt wurde, was

als ziemlich eindeutiges Zeichen gedeutet werden kann, war am nächsten Morgen nur wieder sehr vielen Menschen sehr schlecht.

Der nächste heiße Termin ist 2012, weil da der Kalender der Mayas endet und die Welt mutmaßlich gleich mit. Oder die Mayas hatten einfach nicht damit gerechnet, dass irgendjemand irgendwann einmal ihren Kalender zu Ende lesen würde, sonst hätten sie bestimmt einen Vermerk hinterlassen wie »ab hier bitte selber weiterführen, uns war's zu blöd«. Immerhin gehört das Lesen von Kalendern zu den langweiligsten Dingen, die in diesem Universum vorstellbar sind.

Die Apokalypse – eine Hintertür für Gewalt

Ein asketischer Lebensentwurf ist mitunter
deutlich näher am Exzess als ein hedonistischer.
Besonders was Gewaltexzesse betrifft.

Man könnte das jetzt alles gedanklich unter der Rubrik »Spinner gibt's immer« abheften und sich, je nach Charakter, belustigt oder angewidert abwenden, wenn dieses orchideenhaft anmutende Denken nicht so enorm einflussreich gewesen wäre und immer noch ist. Warum? Nun, weil das apokalyptische Denken und vor allem Fühlen eine Hintertür zur Aushebelung der wichtigsten Gebote in sowohl der christlichen, jüdischen und islamischen Religion wie auch im Buddhismus und Hinduismus darstellt, die alle fünfe

ihrerseits wiederum die wichtigsten und einflussreichsten moralischen Beratungsinstanzen der Welt darstellen.

»Inwiefern Hintertür?«, werden Sie jetzt fragen, und ich möchte zur Erklärung eine Gegenfrage stellen. Wie ist es möglich, dass im Namen von Religionen, die die Liebe zu Gott und zum Nächsten, die Vergebung und die Gewaltlosigkeit als oberste unhintergehbare Gebote aufgestellt haben, über die Jahrhunderte unzählige Kriege, Pogrome und andere Gewaltausbrüche aller Art legitimiert und sogar angestiftet wurden? Die haben sich halt nicht an ihre Gebote gehalten, könnte man sagen, sie waren schwach im Glauben und haben sich versündigt. Das allerdings geht nur Ungläubigen so leicht über die Lippen. Wer seine Religion und das damit verbundene Weltbild ernst nimmt, der tut sich da schon deutlich schwerer, eine solche Häufung von schwersten Sünden als bloß eine Reihe von Verfehlungen einzuschätzen. In Europa war der Begriff des »Heiligen Krieges« vor dem ersten Millennium noch nicht erfunden. Er musste erst mühsam gedacht werden. (Der heilige Augustinus hat da schöne Vorarbeit geleistet. Halleluja.)

Speziell die Lehre Jesu ist wirklich total ungeeignet für die Rechtfertigung von Gewaltpolitik. Aber auch die anderen Religionen lassen es an Eindeutigkeit in ihrer Verurteilung der Gewalt und an Aufrufen zur Sanftmut nicht mangeln. Doch bleiben wir beim Christentum, da werden sich die meisten am besten auskennen. Äh, ich zumindest. Also: Andere Wange hinhalten. Den Feinden verzeihen. Sie sogar lieben. Den Nächsten auch lieben. Das ist eindeutig. Und es ist eindeutig etwas anderes, als den Nächsten mit

der Streitaxt zu zerhacken. Da kann es zu keiner begrifflichen Verwechslung gekommen sein! Sicher, es gibt diese Stellen in den Evangelien, wenn Jesus im Tempel Randale macht oder an anderer Stelle sagt: »Wer kein Schwert hat, der kaufe ein Schwert.« Da ist es, als ob sich ein Fremdtext in den Gnadengeist der Evangelien geschummelt hätte. (Und tatsächlich vermuten einige Forscher, die Figur des Jesus sei eine literarische Verschmelzung von zwei unterschiedlichen spirituellen Führern der Essener-Sekte. Aber nix Genaues weiß man nicht.)

Dennoch: Ein Blutbad lässt sich schlecht zu einem Akt der Gnade oder Nächstenliebe umdeuten. Und die Liebe zum Nächsten und zu Gott sind die wichtigsten Gebote! Also, wie ging das? Und wie geht das heute? Des Rätsels Lösung findet sich (bei den Christen) im letzten Kapitel der Bibel in der Offenbarung des Johannes. Der Jesus, der dort zurückkommt, hat mit dem Gnadenmann der vorherigen Evangelien nichts mehr zu tun. No more Mister Passive Resistance! Da wird nicht mehr vergeben, nicht mehr geliebt und auch nicht mehr geheilt.

Hören wir mal rein: »Seine Augen waren wie Feuerflammen, und auf seinem Haupt trug er viele Diademe ... Bekleidet war er mit einem blutgetränkten Gewand ... Aus seinem Mund kam ein scharfes Schwert; mit ihm wird er die Völker schlagen. Und er herrscht über sie mit eisernem Zepter, und er tritt die Kelter des Weines, des rächenden Zornes Gottes, des Herrschers über die ganze Schöpfung. Auf seinem Gewand und auf seiner Hüfte trägt er den Namen: König der Könige und Herr der Herren.« (Offenba-

Also nicht, dass Gandalf nicht ein extraprima Ork-Abschlachter und Streiter für das Gute wäre, aber würden Sie ihn wirklich religiös verehren wollen?

rung 19, 12–16) Okay, das klingt gruselig. Schwert kommt aus dem Mund. Eisernes Zepter. Rächender Zorn Gottes. Da hat man nicht das Gefühl, man könnte, wenn man um Vergebung fleht, noch einmal mit einer Verwarnung davonkommen. Und genau so ist es auch. Hören wir weiter: »Er rief mit lauter Stimme allen Vögeln zu, die hoch am Himmel flogen: Kommt her, versammelt euch zum großen Mahl Gottes. Fresst Fleisch von Königen, von Heerführern und von Helden, Fleisch von Pferden und ihren Reitern, Fleisch von allen, von Freien und von Sklaven, von Großen und von Kleinen« (Offenbarung 19, 18 f.). Hier sind nicht mehr die Letzten die Ersten, hier sind alle die Letzten. Alle werden vertilgt. Der zurückgekehrte Triumphator Jesus, der König, ist mit dem Opferlamm nicht deckungsgleich zu kriegen. Deswegen hatte Luther auch zunächst

darüber nachgedacht, die Apokalypse aus der eigentlichen Schrift herauszunehmen und bei den Anhängen zu parken. Theologisch steht man hier nämlich vor einem unlösbaren Rätsel, politisch aber vor einer Offenbarung. Denn jetzt ist jede Gewalt legitimierbar. Man muss einfach nur, will man einen Gewaltakt legitimieren, den Anfang des Endes ausrufen und sich auf die letzten Tage berufen, in denen es vorbei ist mit Gnadenakten und Liebe, in denen es nur noch gilt, sich auf die richtige Seite zu schlagen. Die richtige ist freilich die Seite Gottes. Der Gegner aber ist nicht einfach nur ein politischer Widersacher, er hat sich auf die andere Seite geschlagen, auf die Seite des Antichristen, des Widersachers, des Teufels. So eschatologisch aufgeladen, kann man nun munter jede Gewalttat religiös rechtfertigen.

Das fliegt doch auf, meinen Sie? Die Welt geht ja nicht tatsächlich unter. Oder zumindest ist sie es bislang noch nicht. Das müsste doch irgendjemandem aufgefallen sein! Im Nachhinein hatten alle Endzeit-Behauptungen unrecht. Das mag sein. Aber das Nachhinein zählt nicht. Das zeigt obige Liste. Man wird in religiösen Dingen aus Erfahrung eben nicht klug. Das kann auch gar nicht sein. Die Erfahrung gehört in den Bereich des empirisch Rationalen. Die Religion aber »west« in der Welt des Glaubens. Und so vergeht tatsächlich kein Krieg, kein Kreuzzug, keine Revolution, ohne dass von irgendjemandem an irgendeinem Punkt verkündet wird, jetzt gehe es um alles, die letzte Schlacht von Armageddon habe begonnen. (Auch wenn es dann doch nie die letzte ist.) Wer nicht für uns ist, ist gegen uns.

Jetzt kann man sich munter gegenseitig als Antichristen beschimpfen. So wie Luther den Papst. So wie der Papst Luther. So wie Kaiser Friedrich II. den Papst – und umgekehrt. So wie der Papst den Gegenpapst. So wie die Christen die Moslems und die Moslems die Christen. Und alle freilich die Juden. Und die Juden ihrerseits alle anderen. Die Reihe der Beispiele wäre endlos, ich erspare sie uns.

Und auch den genauen Blick auf das Heute können wir uns schenken, wenn wir uns kurz in Erinnerung rufen, wer noch mal genau im »Reich des Bösen« wohnte im »Kalten Krieg« oder sich auf der »Achse des Bösen« befand im »Krieg« gegen den Terrorismus. Das Reden vom »Reich des Bösen« ist überhaupt die Sprache der Terroristen. Egal, ob sie nun bei al-Qaida oder beim Pentagon angestellt sind.

Die apokalyptischen Texte waren in Zeiten enormer politischer Bedrängnis entstanden. Zum Beispiel das Buch Daniel (der wichtigste apokalyptische Text der Juden) während der Schreckensherrschaft der Seleukiden über Israel, die Offenbarung des Johannes während der Christenverfolgungen unter Kaiser Nero. Daher wohl die ausufernden Rachephantasien. Die Ohnmächtigen und Verfolgten rächen sich »virtuell« an ihren Unterdrückern. Später konnten die Texte dann benutzt werden, damit Mächtige – oft im Gegensatz zur politischen Realität – sich zum Opfer stilisieren und in der Folge ausufernde Gewalt legitimieren konnten.

Die Dramaturgie des Untergangs

Zum Heiligen Krieg kann immer aufgerufen werden, in allen Religionen, die Struktur der Endzeit wird immer auf die gleiche Art beschrieben und erkannt. Und sie gibt die immer gleichen Handlungsanweisungen beziehungsweise gleichen Legitimationsmöglichkeiten für hemmungslose Gewalt her. Wir haben es also mit einer Dramaturgie zu tun, der sich alle großen Weltreligionen bedienen. Da läuft immer derselbe Film:

1) Es wird festgestellt, dass die Welt eine manichäische Struktur hat. Das heißt, sie ist gespalten zwischen Gut und Böse, Licht und Schatten, Yin und Yang, Schwarz und Weiß, Coca Cola und Pepsi. Die beiden Teile der Welt stehen sich unversöhnlich gegenüber und führen einen ständigen Krieg um die Seelen der Menschen.
2) Die Gegenwart ist eine einzige Schweinerei. Gemeinheit, Betrug, sinnloses Geficke und Unglauben sind an der Tagesordnung und – besonders wichtig – an der Macht! Die Gläubigen aber sind mit ihren Läuterungsaufrufen in der Defensive. Die Welt befindet sich in einem Zustand, in dem sie dringend gerettet oder aus Hygienegründen abgeschafft werden muss ... Koyaanisqatsi ... Koyaanisqatsi ...
3) Der Satan wird Herr der Welt. (Oder noch schlimmer: ein Neger!) Die Verblendeten beten ihn an, weil er ihnen Steuererleichterungen, Herzen für ihre Bonusheftchen und Freiflugmeilen verspricht. Er greift nach der Macht Gottes.

4) Jetzt wird es Zeit, sich zu entscheiden, auf welcher Seite man steht. Gut oder böse? Sich raushalten und einfach behaupten, man wäre hier nur für die Musik zuständig, geht nicht. Denn wer nicht für uns ist, ist gegen uns – das Credo beider Seiten! Jetzt sind aber auch schon der Messias oder der Mahdi oder beide gelandet, um die Ihren um sich zu scharen, gern im Verbund mit anderen Überwesen, Engeln, X-Men, Navy SEALs, und sich auf den Kampf »Gut gegen Böse« vorzubereiten.
5) Wer auf der Seite des Guten kämpft, ist ein »Gotteskrieger« und kommt im Fall seines Fallens für die gute Sache direktemang in den Himmel. Eine klassische Win-win-Situation für die Gläubigen.
6) Dann kommt die Schlacht. Die wird ausführlich beschrieben, aber letztlich lässt sie sich zusammenfassen mit: Das Gute gewinnt! Die Rechtgläubigen werden in den Himmel befördert, über die Ungläubigen – oder noch schlimmer Falschgläubigen – wird Gericht gehalten. Leider haben sie nur einen total überarbeiteten Pflichtverteidiger, der Herr aber hat ein Heer von supergewieften und vor allem allwissenden Staatsanwälten. Ergebnis: Alle Gegner des Herrn werden zu endlosen grausigen Qualen in der Hölle verurteilt. Eine Möglichkeit der Wiederaufnahme des Verfahrens besteht nicht.
7) Hosianna! Das 1000-jährige Reich des Guten und Rechtschaffenen wird installiert. Alle singen.
8) Nach den 1000 Jahren wird die Erde dann doch noch vernichtet. Vermutlich aus Langeweile.

So weit also der (fast) immer gleiche Ablauf der Endzeit in den unterschiedlichen Religionen. Wenn man sich jetzt noch eine Quest mit ein paar Elfen, Zwergen, Helden und dem ein oder anderen Zauberer dazudenkt, dann wäre das im Wesentlichen der Plot eines der unzähligen Fantasy-Bücher, unter denen sich die Regalbretter der Buchläden derzeit biegen. Und man würde doch nicht wollen, dass sich ein politisches Programm an Tolkiens »Herr der Ringe« orientiert. (Oder an »Conan der Barbar«.) So etwas kann man lesen oder im Kino begucken, um dem faschismusaffinen Teil seiner Persönlichkeit mal eine Auszeit vom demokratischen Empfinden zu geben und dem inneren Ernst Jünger kurz die Tränen der Rührung in die Augen zu treiben, aber als ernst zu nehmendes Weltbild ist das alles nicht zu gebrauchen. Um an dieser Stelle Missverständnissen vorzubeugen und Herrn Tolkien gleich mal in Schutz zu nehmen; so war das von ihm auch niemals nur eine Sekunde gemeint!

Aber abgesehen davon, dass die Endzeitphantasien der Religionen lächerlich unterkomplex sind, scheint es mir an dieser Stelle wichtig festzustellen, dass jemand, der sich als religiöser Mensch auf die Endzeit beruft, die wesentlichen Überzeugungen – also den eigentlichen Kern seiner Religion! – längst aufgegeben hat. Es ist längst überfällig, dass die rationalen und wahrhaft spirituellen Parteien einer jeden Religion endlich fordern, jene irrsinnskompatiblen Stellen aus den heiligen Texten zu streichen und sie dorthin zu verbannen, wohin schon Luther sie sortieren wollte: in den Bereich des Obskurantismus, an den Rand, in die Unverbindlichkeit.

Du musst dein Leben nicht ändern – oder warum die Apokalypse so praktisch ist

Das reinste Gewissen hat immer noch derjenige, der es am wenigsten gebraucht. Denn wird nicht alles durch Gebrauch nach und nach verschlissen?

Seit Jahren und Jahrzehnten wird der weltweite Medienmarkt mit unzähligen Erzeugnissen, die von Endzeitphantasien inspiriert sind, überschwemmt. Die sogenannte Doomsday-Literatur hat Millionenauflagen. Hollywood tut sein Übriges, um dem Publikum vom Kinosessel aus die Möglichkeit zu geben, die »Apocalypse Now« mit Popcorn zu konsumieren. Hier wird die Endzeit nicht nur unablässig beschworen, hier werden auch sämtliche tagesaktuellen Ereignisse in die schlichte Matrix des Endzeitdenkens einsortiert. Ob der 11. September, Wall-Street-Crash oder ein Wirbelsturm. Alles ist auf das immer stärkere Wirken des Satans zurückzuführen oder als Zeichen für die nahe Apokalypse zu deuten. »Nach einer Umfrage von Opinion Dynamics, die nach dem 9/11 gemacht wurde, glauben 78 Prozent aller US-Bürger an die Hölle und 71 Prozent an den Teufel: Der Glaube an den Widersacher Gottes soll in den letzen fünf Jahren um sieben Prozent zugenommen haben: Die Umfrage besagt weiterhin, dass mehr jüngere als alte Menschen an die Hölle und den Teufel glauben.« (Victor Trimondi, »Krieg der Religionen«, München 2006) Besonders die letzte Information ist spannend. Warum glauben die Jungen eher an den Teufel als die Alten? Weil das

Bildungssystem so konsequent versagt hat? Eine Möglichkeit. Doch eine weitere Statistik bringt uns auf eine andere, noch beunruhigendere Spur: Laut »Time Magazine« sind 59 Prozent (zwei Drittel!) aller Amerikaner davon überzeugt, dass die in der Offenbarung beschriebenen Ereignisse dabei sind, sich zu realisieren. Im Jahr 1999 waren es noch 40 Prozent. Der Glaube – oder besser der Aberglaube – an die Endzeit, an den Teufel und seine Macht nimmt zu, und zwar genau zu dem Zeitpunkt, an dem immer klarer wird, dass selbst die Amerikaner nicht so weitermachen können. Umweltverschmutzung, Klimawandel, Ressourcenknappheit, Müllgebirge – selbst im amerikanischen Bible Belt, wo man geflissentlich weghört, kann man kaum nicht von diesen Dingen gehört haben. Und der Imperativ, der durch diese Diskurse immer klarer zutage tritt, lautet: Du musst dein Leben ändern. Du verbrauchst zu viel Energie. Du sonderst zu viel Dreck ab. Du bist der Klimaschaden.

Wenn man aber nun mal sein Leben nicht ändern will, dann gibt einem die radikale Vereinfachung der Endzeit-Fantasy-Welt eine schöne Legitimation, einfach so weiterzumachen wie bisher. Denn wenn der Heiland nächste Woche mit Macht zurückkommt, um die Seinen um sich zu scharen, dann braucht man jetzt auch nicht mehr mit dem Mülltrennen anzufangen, sondern kann den Hummer-Geländewagen noch mal volltanken. Die apokalyptische Matrix hilft also, der lästigen Pflicht auszuweichen, die wichtigsten Probleme in Angriff zu nehmen, die sich uns heute stellen. Man kann sich von der Zukunft abwenden

und jede Art von Schulden machen, ökologische und ökonomische, weil man sie ja nie bezahlen muss, denn immerhin findet die Zukunft gar nicht mehr statt. Und dass die Endzeit kommt, steht eben nur im Widerspruch zur Verantwortung für die Zukunft, aber nicht dazu, riesige Autos zu fahren und unablässig shoppen zu gehen. Man muss das eigene Konsumverhalten nicht überprüfen. Der Glaube an die nahe Apokalypse zementiert also in Wahrheit den Status quo und produziert auf diese Weise die Voraussetzungen für die Apokalypse light. Also für den Untergang unserer Zivilisation durch den ökologischen und wirtschaftlichen Kollaps. Halleluja! Gepriesen sei der Herr.

So weit, so gut. Untersuchen wir in aller Kürze, was an der Endzeitmatrix dermaßen attraktiv ist.

Wir sollten uns zunächst fragen, was denn unsereiner so im Angebot hat, wenn es darum geht, mit unserer hochkomplexen Welt fertig zu werden. Wenn wir ehrlich sind, erbärmlich wenig. Wer die Komplexität der Verflechtungen von Wirtschaft, Umwelt, Technik, Politik und Marktmacht zu begreifen versucht, dem wird erst schwindlig und dann bekommt er von der Komplexität Komplexe. Eigentlich wird er handlungsunfähig, und zwar aus zweierlei Gründen. Erstens, weil schon ein banaler Gang zum Gemüsehändler zum moralischen Debakel mutiert, wenn man beim Einkauf Subventionen, Gerechtigkeit, Klimawandel, Migration und Ausbeutung mitdenkt. Der Imperativ lautet fast bei jedem Akt des Konsumierens: Lass es bleiben!

Doch ließe man es bleiben, oder besser, ließe es die Mehrheit bleiben, dann würde es der Wirtschaft schlecht

ergehen, Menschen verlören ihre Arbeitsplätze, ihre Wohnungen etc.

Man hat also die Wahl: Soll man ein schlechtes Gewissen haben wegen einiger an der eigenen Peripherie liegender Ungerechtigkeiten (Umwelt, Ausbeutung, Klima) – oder weil man nicht genügend konsumiert hat? So oder so, man ist irgendwie schuld. Um also sein gebeuteltes Gewissen zu entlasten, sucht man nach Handlungsanweisungen, wie man wenigstens eher Teil der Lösung als Teil des Problems sein könnte, was an sich schon eine Minimalforderung darstellt. Und die »Lösungen« lauten dann:

- Weniger Fleisch essen, weil die Fleischproduktion zu viel Fläche und Trinkwasser verbraucht und sich das Ozonloch wegen der Methanproduktion der Rindviecher vergrößert und so der Hunger derer am unteren Ende der Wirtschaftsskala wächst.
- Man fährt mit dem Fahrrad, so es möglich ist, in der Stadt erweist es sich ohnehin meist als praktischer. Wenn man schon ein Auto hat, dann einen modernen Diesel, der ist am umweltfreundlichsten.
- Man schraubt Energiesparbirnen ein, die einem mit ihrem Funzellicht zwar beim Lesen die Augen verderben, aber uns dadurch wenigstens auch immer daran erinnern, dass wir unser Bestes geben. Geräte werden nicht auf Standby gehalten, sondern ausgeschaltet.
- Und fliegt man in den Urlaub, dann spendet man eine meilenadäquate Summe als Ablass an »Atmosfair«.

Mei, die Antwort auf diese Frage ist halt komplex.

Tja, und das war's dann. Nein, noch nicht ganz.

Man kann sich erregen, wenn man die Nachrichten schaut. Dabei allerdings kann man ganz leicht den Wesensraum der unfreiwilligen Komik betreten.

Kürzlich sah ich eine Sendung im Fernsehen. Verhandelt wurde – wohl recherchiert – der Zustand der Weltmeere, der freilich ein schlimmer ist. Überfischung. Schwindende Artenvielfalt. Verschmutzung. Erwärmung. Bröselnde Kontinentalhänge. Ausbleichende Korallenriffe. Das volle Programm. Zwischenrein erläuterte kundig Frank Schätzing Fragen zu Biologie, Evolution und Philosophie. Als Stellvertreter für emotionale Aufgewühltheit war ein bekannter

deutscher Schauspieler vor die Kamera gebeten worden, der sich bestimmt auch privat für die ein oder andere gute Sache engagiert. Dazu nun aber zweierlei.

Erstens hat diese Ersatzempörung einen Effekt, der dem eingespielten Lachen bei Sitcoms nicht unähnlich ist. Man muss zwar bei vielen Sitcoms selber nicht lachen, aber man weiß zumindest, an welchen Stellen man hätte amüsiert sein sollen. Man lässt lachen. Man hat das eigene Gelächter sozusagen outgesourct. Und ebenso lässt man hier empfinden.

Man hat die Empörung, das angemessene Gefühl, das man haben sollte, wenn einem furchterregende Fakten über die Weltmeere um die Ohren gehauen werden, auf Dritte übertragen, die sich stellvertretend empören: Wie es denn nur möglich sei, dass wir Menschen, obgleich mit der Fähigkeit der Erkenntnis gerüstet, solche Zustände nicht nur zugelassen haben, sondern auch noch immer weiter zulassen, obwohl sich schon Furchtbarstes am Horizont ankündigt. Kurz: Why?

Das ist alles richtig. Dieses Richtige sagte der empörte Schauspieler, zweitens, aber auf den *Malediven*. Dort ist es wunderschön, und ich kann jeden verstehen, der immer wieder seine guten Vorsätze, nicht länger Teil des Problems sein zu wollen, über Bord wirft und dort hinfliegt. Aber wenn man sich als Europäer auf den herrlichen Inseln im Indischen Ozean befindet, hat man eigentlich das Recht verwirkt, mit Wort-zum-Sonntag-Miene die große Why?-Frage zu stellen. Immerhin wird er nicht mit einem Ruderboot hingepaddelt sein.

Also man sieht: Man kommt nicht heraus aus der komplexen Maschine unserer Weltuntergangserzeugung. Man ist ein Teil davon. Wettert man gegen sie, läuft man leicht Gefahr, sich lächerlich zu machen. Die Handlungsanweisungen zum nachhaltigen Verhalten taugen, so richtig sie sein mögen, allein dazu, dass man sich selbst besser fühlt. Den Klimawandel werden wir mit der Vermeidung der Standby-Funktion von Geräten nicht aufhalten, ebenso wenig wie mit einem Drei-Liter-Auto die kommenden Rohstoffkriege.

Wir lernen, unsere Antwort auf die Komplexität der Welt bleibt unbefriedigend in jeder Hinsicht. Sie ist entmutigend. Man fühlt sich machtlos.

Ganz anders die Antworten der apokalyptischen Matrix. Ihre Antworten sind *befriedigend*. Sie geben dir Bedeutung, selbst dann, wenn du nur ein Gebrauchtwagenhändler bist. Denn alles, was du tust, ist bedeutend. Wenn du masturbierst, dann weinen die Heiligen. Wenn du sündigst, dann bringst du das Weltgefüge zum Wanken. Wenn du dich für die gute Sache opferst, bist du kein Idiot, sondern ein Märtyrer.

Das ist schon sexy! Man braucht sein Leben nicht *wirklich* infrage zu stellen, indem man einfach die *falschen* Fragen stellt. Anstatt nämlich zu fragen: »Will ich weiter an der Vernichtung der Welt teilhaben? Will ich weiter für Ungerechtigkeit und Not mitverantwortlich sein?«, werden Fragen gestellt wie: »Liebe ich Gott genug? Habe ich genügend Ehrfurcht? Erkenne ich den Teufel, wenn ich ihn sehe?«

So, jetzt könnten Sie freilich meinen, ich wäre als typischer Vertreter des alten Europa aber dennoch mit unserem Verhalten gegenüber der Komplexität letztlich einverstanden. Immerhin gibt es bei uns wenigstens nur im geringen Maße Fundamentalismus. Sicher, jede Woche gibt es auch in Deutschland Teufelsaustreibungen, denn der Aberglaube hat auch bei uns eine Heimstatt. Wenngleich sich nur selten hiesige Priester finden, die einen Exorzismus durchführen. Das machen in Deutschland dann meist Polen. (Oh Osterweiterung, was hast du uns gebracht!) Also ist auch bei uns die apokalyptische Matrix wirksam. Aber eine starke gesellschaftliche und politische Lobby hat sie derzeit nicht. Also? Alles gut?

Der Optimist und der Pessimist

Vor einer typischen hippen internationalen Bar, aus der der typisch hippe internationale Sound aus winzigen Bose-Lautsprechern gedämpft auf die Straße dringt, die sich in irgendeinem hippen Viertel irgendeiner Großstadt der Welt befindet, stehen der Optimist und der Pessimist und rauchen. Beide sehen auf 15 Meter Entfernung wie 20 aus und werden indirekt proportional zur Abstandsverringerung immer älter. Wenn man neben ihnen steht, merkt man, dass sie zwischen 35 und 45 Jahre alt sind. Genau lässt es sich nicht sagen – sie sind, so könnte man sagen, gepflegt bis zur Zeitlosigkeit.

Der Pessimist: Was? Du rauchst noch?

Der Optimist: Na, du rauchst doch auch.

Der Pessimist: Ich? Ja, sicher. Aber du? Als Optimist?

Der Optimist: Ich rauch auch. Warum nicht?

Der Pessimist: Man stirbt dran.

Der Optimist: Glaub ich nicht.

Der Pessimist: Doch sicher. Steht doch auf der Packung.

Der Optimist: Glaubst du immer, was auf der Packung steht? Wenn da steht »Bio« oder »Natürliche Zusätze« oder »30 Prozent mehr Inhalt«, glaubst du das dann?

Der Pessimist: Ich? Sowieso nicht. Aus Prinzip schon nicht.

Der Optimist: Aber dass man am Rauchen stirbt, das glaubst du?

Der Pessimist: Sicher. Aber ich denk mir, dann sterb ich halt.

Der Optimist: Ich sterb nicht.

Der Pessimist: Doch. Jeder. Immer.

Der Optimist: Ja, das glaubst du nur, weil das alle glauben. Aber ich bin da totaler Nonkonformist.

Der Pessimist: Wie meinst du das jetzt?

Der Optimist: Schau, man stirbt ja immer an irgendwas. Also es gibt einen medizinischen Grund, warum man stirbt. Aber die Medizin wird immer besser. Und wenn erst alle Gründe zu sterben beseitigt sind, dann muss auch keiner mehr sterben. Das hat auch Stanley Kubrick gesagt.

Der Pessimist: Der Filmemacher?

Der Optimist: Genau der.

Der Pessimist: Der ist aber auch tot.

Der Optimist: Tja, die Ungnade der frühen Geburt. Wir haben da schon mehr Glück. Bald kann man aus Stamm-

zellen jedes gewünschte Organ machen, und der Körper stößt es nicht ab, weil es ja eigene Zellen sind, aus denen das Organ besteht, und das lässt du dir dann einbauen.

Der Pessimist: Das geht doch nur, wenn du Stammzellen von dir hast. Aber deine sind ja schon verbaut.

Der Optimist: Für was?

Der Pessimist: Für dich. Wie du da stehst. Wenn du Stammzellen umwandeln willst in Organe, die du dir einpflanzen lassen willst, dann musst du auch welche haben. Ich kenn mich aus, ich les den *Spiegel.*

Der Optimist: Aber nicht genau genug. Inzwischen kann man nämlich aus jeder Körperzelle Stammzellen machen. Die machen aus normalen Hautzellen Stammzellen und wandeln die dann in meine neue Lunge um, wenn ich meine jetzt fertig geraucht hab, oder du die deine, und dann bekommst du die neue, und weiter geht's.

Der Pessimist: Aha. Na gut. Wenn das so ist. (*Löscht seine Zigarette aus.*) Dann brauch ich ja nicht mehr zu rauchen.

Der Optimist: Wieso? Jetzt kannst du doch qualmen, so viel du willst.

Der Pessimist: Aber ich rauche als politisches Statement *gegen* diesen Gesundheitswahn. Ich rauche, um irgendwann zu sterben. Ich will nicht 100 werden. Ich hab keinen Bock auf Yoga. Und ich will nicht gesund sein.

Der Optimist: Du bist so undankbar und larmoyant. Das ist so was von *last century.* Wir leben ein so gutes Leben. Das hier ist die beste aller möglichen Welten. Noch nie in der Geschichte ging es so vielen Menschen so gut. Noch nie war das Leben so gesund und sicher und gerecht.

Der Pessimist: Wen meinst du? Die zwei Milliarden Menschen, die keinen Zugang zu sauberem Trinkwasser haben und sich nie richtig satt gegessen haben?

Der Optimist: Komm mir nicht so. Sicher gibt es noch Ungerechtigkeit und schlimme Zustände. Aber das wird in Zukunft alles besser. Wenn die Menschen hier länger leben und dabei gesund und fit sind, dann denken sie auch an die Zukunft. Dann müssen auch die Politiker an die Zukunft denken. Die müssen dann Jahrzehnte und Jahrhunderte in die Zukunft sinnvoll planen, weil die Leute so lange leben, weil sie dann selber noch erleben, was sie vor Ewigkeiten entschieden haben.

Der Pessimist: Das gilt aber nur für die, die es sich leisten können. Also das mit der Gesundheit und so weiter. Und während wir hier immer älter werden, wird der Rest der Menschheit gar nicht mehr recht alt, sondern sieht nur alt aus.

Der Optimist: Und wir sehen jung aus. Sicher, das Leben ist nicht gerecht. Sicher, wir Menschen sind überhaupt eine Plage. Aber deswegen bin ich ja auch beim VHEMT Mitglied.

Der Pessimist: Muss ich das kennen?

Der Optimist: Voluntary Human Extinction Movement. Das ist die Bewegung für das freiwillige Aussterben der Menschheit.

Der Pessimist: Das gibt's?

Der Optimist: Sicher.

Der Pessimist: Geh, du willst mich verarschen.

Der Optimist: Nein, überhaupt nicht. Google es doch!

The Voluntary Human Extinction Movement

»May we live long and die out«

Phasing out the human race by voluntarily ceasing to breed will allow Earth's biosphere to return to good health. Crowded conditions and resource shortages will improve as we become less dense.

Belarusian | Català | Deutsch | English | Español | Français | Hebrew | Italiano | Nederlands | Norsk | Polski | Português | Romanian | Russian | Slovensky | Suomi | Svenska | Turkish

---

Sehen Sie, das ist die Seite.

Der Pessimist (zieht sein iPhone hervor und googelt):

Der Pessimist: Mach mich fertig. May we live long and die out. Klingt ein bissl wie die Begrüßungsformel der Vulkanier.

Der Optimist: Nein, bei denen heißt es »live long and prosper«

Der Pessimist: Und die haben jetzt also den »prosperen Wohlstand« gegen »aussterben« ersetzt. Passt irgendwie. Man stirbt ja am Wohlstand aus.

Der Optimist: Sicher. Es gibt einfach zu viele Menschen. Wir sind eine Belastung für unsere Erde. Für Gaia.

Der Pessimist: Mh ... Mh ... Mutti!

Der Optimist: Ja, mach du dich nur lustig. Aber es ist dir doch klar, dass wir zu viele sind, die zu viel verbrauchen und zu viel Vernichtung anrichten. Deswegen geht es darum, die Bevölkerungsexplosion mit einem negativen Bevölkerungswachstum umzukehren. Wir Menschen sind eine Belastung für die Welt. Und weil wir das erkannt haben, ist es nur vernünftig, wenn wir Verantwortung übernehmen und gepflegt aussterben.

Der Pessimist: Ja, aber das kriegen wir doch anscheinend auch so hin.

Der Optimist: Es muss aber freiwillig sein, sonst ist es nicht zivilisiert.

Der Pessimist: Ah, so. Und was ist jetzt der Vorschlag? Massenselbstmord?

Der Optimist: Nein, keine Gewalt. Das ist eine höchst humane Bewegung. Die Idee geht auf die alten Griechen zurück, die gemeint haben, es wäre besser, nicht geboren worden zu sein.

Der Pessimist: Bissl spät, sich in deinem Alter abtreiben zu wollen.

Der Optimist: Stimmt, aber wenn man eingesehen hat, dass man als humaner und zivilisierter Mensch die Welt nicht weiter mit seiner Anwesenheit verschmutzen darf, dann darf man sich wenigstens nicht mehr reproduzieren und das Leid der Existenz der nächsten Generation antun.

Der Pessimist: Und man spart sich die Windeln und die Pubertät der Blagen. Aber wieso Leid? Du hast doch eben gesagt, das Leben jetzt ist so super und du willst murmelalt werden.

Der Optimist: Sicher. Dialektik, mein Freund. *Ich* will zwar alt werden. Aber ich will auch keinem Nachkommen die Zumutung antun, in dieser Welt zu leben, die wir ja immer mehr zugrunde richten. Weil man ja immer, wenn man lebt und handelt, die Welt verletzt. Das ist wie die Erbsünde.

Der Pessimist: Du willst also ewig leben, aber dabei aussterben, um die Welt vor dir zu retten.

Der Optimist: Sicher. Genau.

Der Pessimist: Ja, das könnte, wenn's ganz schlimm kommt, beides klappen. (*Zündet sich eine Zigarette an.*)

Der Optimist: Jetzt rauchst du ja doch wieder.

Der Pessimist: Das Suchtgedächtnis ruft.

Der Optimist: Und was ruft es?

Der Pessimist: Arbeite an deinem Tod, dann lebst du wirklich.

Der Optimist: Na also, da hörst du's ja.

2. VORHANG

Die Welt geht unter

Balconing. Das ist eine »Jackass«-lustige Mutprobe unter jungen Europäern, die in Spanien Urlaub machen und sich dann im Suff vom Hotelbalkon aus in den Pool stürzen. Manchmal stürzt einer daneben. Im Jahr 2010 waren zehn Tote nach Balconing zu beklagen. Gut, was heißt zu beklagen? Das sind so die Informationen, bei denen man sich sagt: Ah, unsere Zivilisation stürzt ab … ach, was soll's?

Zurück zur Natur – oder alles Ikea?

Das Aussterben, dieser Daseins-Super-GAU, ist uns längst zur denkerischen Option geworden. Und bei allem latenten Schuldgefühl, das man dabei hat, das Wahre, Schöne und Gute einfach dem Nirwana zu überantworten, hat die Vorstellung doch auch etwas Entlastendes. Nicht ohne Lustgewinn wird die Idee des Nicht-Seins, oder besser des Nichtmehr-Seins, in dem erfolgreichen Buch »Die Welt ohne uns« von Alan Weisman (München 2009) durchphantasiert, das inzwischen sogar zu einer Doku-Serie aufgestiegen ist. (Sie können aber auch »abgestiegen« sagen. Das hängt vom je unterschiedlichen Grad des Kulturpessimismus ab.) Der Mensch sieht zufrieden zu, wie die Welt ohne die Befleckung durch den Menschen wieder in ihren »Naturzustand« zurückkehrt. Wir lernen: Auch mit konsequentestem Nihilismus lässt sich prima Mehrwert schaffen. Ähnliche Emotionen beschleichen mich, wenn ich mir die wunderbaren Naturfilme aus BBC-Produktionen ansehe: Sie schaffen es, Artefakte menschlichen Lebens konsequent aus ihren Tierfilmen herauszuhalten. Da gibt es weder Überland-Stromkabel noch einsame Hütten in den Bergen, keine Wege, keine Wanderer. Wieder ist man als Mensch reiner Zuschauer.

Totale Nicht-Anwesenheit bis auf die des Blickes. Und obwohl am Ende eines jeden solchen Naturfilms die sonore Sprecherstimme mahnt, das eben gezeigte Paradies sei durch das Wirken des Menschen bedroht, so vermitteln doch die Bilder den Trost, es gäbe eben dennoch unberührte Refugien der Natur.

Tatsächlich erinnern mich diese von mir ebenso geliebten wie bewunderten Dokumentationen, die mit großem Aufwand produziert wurden, manchmal an den Film »Jahr 2022 – Die überleben wollen« (engl. »Soylent Green«) aus dem Jahr 1973. Diese überraschend hellsichtige und immer noch grausig relevante Dystopie oder Anti-Utopie spielt in einer total überbevölkerten Welt, in der alles knapp geworden ist. Raum. Nahrung. Wasser. Empathie. Die Handlung erzählt von einem Polizisten (gespielt von Charlton Heston), der mit seinem alten Kollegen (gespielt von Edward G. Robinson) einen Mordfall untersucht. Bei den Untersuchungen kommt schlussendlich ans Tageslicht, dass »Soylent Green«, ein nährstoffreicher Keks, mit dem der Weltkonzern Soylent die zerlumpten Massen speist, nicht, wie behauptet, aus Plankton hergestellt wird, sondern aus dem Einzigen, was diese Welt noch im Überfluss zu bieten hat: Leichen.

Man fühlt sich an die Debatte im 18. Jahrhundert erinnert, in der der Ökonom Thomas Robert Malthus ein exponentielles Wachstum der Bevölkerung vorhersah, aber ein nur lineares Wachstum der landwirtschaftlichen Produktion, was unweigerlich in eine Hungerkatastrophe führen musste. Wieder ein Endzeitprophet, der sich getäuscht hat. Malthus hatte die fabelhafte Produktionssteigerung durch Industria-

lisierung, Dünger und moderne Landwirtschaftstechniken nicht erahnen können. Aber worauf ich hinauswill: Der Satiriker Jonathan Swift schlug im Zuge der Auseinandersetzung um die drohende Bevölkerungsexplosion vor, man solle doch einfach zwei Fliegen mit einer Klappe schlagen und Menschen essen. Dann hätten die Armen mal wieder einen Braten auf dem Tisch und die Übervölkerung wäre gleich mitbekämpft. Synergie nennt man das heute, glaube ich. Ein total rationaler Vorschlag aus dem Zeitalter der Rationalität. Hier kannibalisiert sich die Vernunft selbst. Guter Mann, der Swift. (Wenn Sie mal nichts Besonderes zu tun haben, lesen Sie »Gullivers Reisen«. Und nein, das ist kein Kinderbuch!) Zurück zum Film »Jahr 2022 – Die überleben wollen«: Im Verlauf der Handlung will der alte Kollege des Helden nicht mehr länger leben, besonders deswegen nicht, weil er hinter das eklige Geheimnis seiner Gesellschaft gekommen ist. Er geht in ein Euthanasiezentrum. Dort gibt man ihm einen Todestrunk, spielt ihm vom Band noch mal seine Lieblingsmusik vor und zeigt ihm einen Film. Einen Naturfilm über die Welt seiner Kindheit, aus einer Welt, die für immer verloren ist. Das ist ebenso effektvoll wie rührend. Und den betreffenden Film aus dem Euthanasiezentrum der nahen Zukunft habe ich, glaube ich, inzwischen schon öfter gesehen. Er ist von der BBC und heißt »Unsere Erde« oder »Der Ozean« oder von mir aus »Gewaltige Tierwanderungen« oder so. Ein schöner Film. Ganz ohne Menschen.

Es lässt sich wohl behaupten, dass sich die Mehrheit der Aufrufe zur Umkehr einer recht simplen Dichotomie bedient. Gut ist, was natürlich ist. Böse ist der Mensch. Ge-

nauer: die vom Menschen hervorgebrachte Technik. Das klingt doch ganz so, als würde man sich auf die Seite des »Guten« stellen können, wenn man sich wieder auf die Natürlichkeit besinnt. Also folgen wir dem Ruf von Jean-Jacques Rousseau und gehen zurück zur Natur?

Das dürfte schwierig werden. Denn der Mensch kann nicht zurück zur Natur, *weil er nie dort war.*

Jetzt sagen Sie, Moment, das stimmt doch so nicht. Der hängt da doch ständig herum, der Mensch. Besonders am Wochenende hektifiziert er gern in Seenähe, um mitsamt Familienanhang auf feuchtigkeitsabweisenden Polyamiddeckchen zu picknicken. Oder er chillt am Waldesrand, auf eigens für ihn abgesägten Baumstümpfen sitzend, an einem quer durchsägten Baumstamm, der eine Art von rustikalem Tisch abgeben soll, und verteilt alldorten die Verpackungen seiner Powerriegel und wirft mit leeren Energy-Drink-Dosen um sich. Alles nur, damit der entnervte Stadtmensch seine Arbeitskraft regeneriert und in der »Natur« wieder zu sich findet. Obgleich er sich ja kaum noch verlieren kann, denn die kleine Frau, die im iPad, im iPod oder sonst einem Smartphone wohnt, weiß immer den Weg. Aber schon während man diesen Einspruch gegen die oben so apodiktisch hingeschluderte These aus sich herausblubbern hört, merkt man, wie wenig stichhaltig er ist. Das, was da als »Natur« bezeichnet wurde, ist so natürlich wie ein Hochhaus voller metrosexueller Eventmanager.

Die »Natur«, der wir uns nähern, wenn wir uns am Wochenende in den Stau in Richtung Naherholung stellen, ist eher ein Garten. Also ein Ort, an dem absichtslos Wachsen-

des auf Kultur (sprich auf absichtsvoll Gepflanztes) trifft. Und so gesehen ist alles um uns herum gartenartig. Nur, dass die Gärten unterschiedliche Zwecke haben. Auch die Großgärten, in denen die modernen Bauern High-efficiency-Landwirtschaft betreiben, sind nicht das, was wir mit Natur meinen. Wenn wir über die Natur sprechen, dann mischt sich ein ungesagtes Wort kaum hörbar unter den Begriff: unberührt. Unberührt von Menschenhand, Fuß oder Auge.

Und deswegen kann der Mensch schon aus rein logischen Gründen nicht dorthin zurückkehren. Denn ein Zurückkehren impliziert, dass man vorher irgendwann schon einmal dort war. War aber schon einmal jemand dort, ist der Ort eben nicht mehr unberührt. Das mag jetzt manchem zu rabulistisch erscheinen, doch vielleicht zu Unrecht, denn diese erste vorläufige Definition des Begriffs »Natur« zeigt schon: Eine »unberührte Natur« gibt es längst nicht mehr. Überall war er schon, der clevere Affe mit seinem unstillbaren Eroberungsdrang. Und zumindest mit dem Blick eines Satelliten ist jeder Quadratzentimeter des Planeten berührt worden. Vermessen, bewertet und einer Nutzung zugeführt. Wenn es noch ungenutzte Räume auf der Welt gibt, dann sind es Räume des Übergangs, die unter der Überschrift eines »noch nicht« oder eines »nicht mehr« existieren und ihrer nächsten Nutzung harren. Brach liegende Räume machen gerade Ferien von der menschlichen Emsigkeit. Sie müssen sich von ihrer letzten Nutzung erholen. Wer aber Urlaub braucht, zeigt, dass er eigentlich arbeitet. Schlichtes Existieren ist abgeschafft. Die Welt wird optimiert oder ruiniert. Sie arbeitet. Oder eben – wird bearbeitet, wie man's nimmt.

Diese Sichtweise auf die Natur mache die Welt zum »Bestand«, meinte Martin Heidegger. Die Welt wird zum Lagerhaus der Nützlichkeiten für ihre umtriebigen menschlichen Bewohner. Und dadurch, so Heidegger weiter, würde aus dem ehemaligen »Bestellen« der Natur, im Sinne von »pflegen«, ein »Stellen« der Natur im Sinne einer Herausforderung. Also im Sinn von: Komm raus und stell dich, Schwein! Doch in Heideggers Text »Die Technik und die Kehre« stellt sich heraus, dass dieses Stellen der Natur auch den Menschen, der die *needful things* der Umwelt auf seinen Bestellzettel geschrieben hatte, zum Bestand macht. Der Mensch wird selbst zum Material. Wir sehen eben die Welt um uns herum so, wie wir uns selbst sehen: nützlich, effizient, flexibel, austauschbar und damit im Einzelnen freilich auch verzichtbar. Heidegger benutzt dazu den von ihm eigens »hergestellten« Begriff des »Gestells«. Wir sehen, wenn wir die Welt betrachten, eine Großapparatur der mannigfaltigen Nützlichkeiten. In der Zweckwelt hat jeder Raum ein Preisschild, das seinen Wert und seinen Sinn bezeichnet. Räume sind da zum Leben und Wohnen, zur Energiegewinnung und Nahrungsmittelerzeugung und für den Fun. Unberührtes gibt es nicht mehr. Durch die Wissenschaft ist uns die Welt erklärt worden. Vorher war sie unverständlich und musste mystifiziert werden. Doch nun ist sie erklärbar und handhabbar gemacht. Der Bibelspruch »Macht euch die Erde untertan« in seiner (scheinbar) reinsten Ausprägung. Wir sehen eine Welt voll mit Sinn, voller Zwecke, Pläne. Deswegen, so Heidegger, ist die Welt zum Spiegel geworden, weil wir uns so sehr in sie hineingebaut

haben, dass die ursprüngliche Fremdheit einer anscheinend vollständigen Bekanntschaft gewichen ist.

Dieses »Gestell« ist einmal mehr ein Gedankengebäude, in dem man die Endzeitglocken läuten hören muss, leider ist es umfassend. Es hat kein Außen, da die äußere Welt total in die Welt der Begriffe und der Wahrnehmung integriert worden ist. Aufgrund dieser Totalität gibt es jetzt keinen Weg mehr, der aus dem »Gestell« herausführen würde. Die Welt wird unter diesem Gesichtspunkt total zu Ikea. Alles wird mit Plan, Bauanleitung und Inbusschlüssel geliefert, sogar man selbst. Ab jetzt kann nur noch geschraubt werden. Doch wie wir Ikea-Kunden wissen, geht das oft schief.

Kleiner Einschub:
Und tatsächlich haben wir gar nicht so sehr die Welt wirklich unseren Bedürfnissen angepasst, sondern leider nur dem, was wir zu einem bestimmten Zeitpunkt über unsere Bedürfnisse wussten. Ein Beispiel, das wie immer für einen generellen Trend stehen kann: Viele Bauern in Bayern versuchen, im Zuge der Optimierung der Welt dafür zu sorgen, dass auf ihren Wiesen, auf denen sie Grünfutter produzieren, keine Blüten mehr wachsen. Blüten zu erzeugen ist für die Pflanze mit hohem Energieaufwand verbunden. Unterdrückt man aber die Blüte, dann bleibt die ganze Energie in den Grünpflanzen, was sie wiederum als Super-Kraftfutter für ihre Super-Leistungskühe effizienter macht. Der unbeabsichtigte Nebeneffekt dieser Praxis ist aber, dass die Bienenvölker sich immer schwerer tun, genügend Nahrung für sich zu finden, weil es ja keine Blüten mehr gibt, die sie anflie-

gen könnten. (Eine weitere mögliche Ursache für das mysteriöse weltweite Bienensterben.) Doch sind die Bienen erst einmal tatsächlich weg (so weit sind wir noch nicht), dann hat man im Zuge der Effizienzsteigerung dafür gesorgt, dass ein wesentlicher Mechanismus der Fortpflanzung in der heimischen Flora nicht mehr funktioniert. Das aber wiederum könnte dazu führen, dass die Bauern in Zukunft auf künstliche Reproduktionswege angewiesen sind. Sie werden also genmanipuliertes Saatgut kaufen müssen, und Firmen wie Monsanto werden in einem Ausmaß mächtig, wie es das noch nicht gegeben hat. Sozusagen »Soylent«-mächtig.
Zusammenfassend kann man sagen, dass jeder Eingriff zur Anpassung der Umwelt an die Bedürfnisse des Menschen unter dieser Antinomie leidet. Jeglicher Eingriff kann sich in der Zukunft als katastrophal herausstellen.
Einschub Ende.

Andersherum aber kann man sagen: Ohne die technische Verbesserung der defizitären körperlichen Grundausstattung wären wir Menschen ausgestorben. Wir sind auf Prothesen als Erweiterungen unseres Körpers existenziell angewiesen. Und wir haben uns im Verlauf der letzten drei Millionen Jahre Entwicklung deswegen an jedes Klima – und topografischen Raum – der Erde angepasst, weil wir uns die Orte unseres Wohnens immer auch passend gemacht haben. Auf eine kurze Formel gebracht, kann man sagen: Mensch = Technik. Da aber ebenfalls gilt, dass der Mensch wie alles andere eine Hervorbringung der natürlichen Evolution ist, kann man schließen, die Technik (also

der »geschraubte« Mensch) ist ebenso »natürlich« wie alles andere um uns herum. Das aber bedeutet, dass wir den Begriff »natürlich« vollkommen erodiert haben. Er ist sinnlos geworden. Man kann an dieser Stelle also den Ausgangssatz des Kapitels neu formulieren: *Der Mensch kann nicht zurück zur Natur, weil er nie weg war.* Wir waren und sind niemals abgetrennt von der Welt, die uns umgibt.

Der haarlose Affe mit den einander gegenüberstehenden Daumen und dem großen Gehirn ist das Ergebnis eines absichtslosen Selektionsprozesses, der ein Bewusstsein hervorbringt, und der Affe mit Ich passt in der Folge nicht nur sich seiner Umgebung an, er passt auch seine Umgebung seinen Bedürfnissen an. Das war im kleinen Rahmen schon immer so.

Abholzung oder Brandrodung verändert die Umwelt, um bei der Jagd oder später bei der Landwirtschaft dienlich zu sein. Doch seit es Veränderungen im »Geiste« gegeben hat, die mit der Verwendung von fossilen Rohstoffen einhergingen, da veränderten die Menschen erstmals ihre Umwelt in ganz großem Stil. Wenn man die Schadstoffkonzentration in der Atmosphäre und die in den letzten 200 Jahren ausgestorbenen Arten betrachtet, dann wäre unser Handeln ungefähr äquivalent zum Einschlag eines mehrere Kilometer großen Meteors. Die Menschheit haut rein.

Aber ebenso, wie ein in die Erde einschlagender Asteroid nicht mehr von der Welt getrennt gedacht werden kann, weil er ja durch seinen Impact Teil derselben geworden ist, kann man auch den Menschen nicht sinnvoll von seiner Umwelt abtrennen. Diese wechselseitige Durchdringung

zeigt sich besonders plastisch in der Tatsache, dass sich laut Untersuchungen des WWF im Blut eines jeden Durchschnittseuropäers etwa 40 giftige Chemikalien nachweisen lassen! Man lernt hier schlagartig etwas wirklich Interessantes. Nämlich, dass genau parallel dazu, wie wir uns in die Welt hineinbauen, die Welt wiederum uns durchdringt und uns all das zurückgibt, von dem wir gehofft hatten, es loszukriegen. Es scheint so, als würden wir auch unsere unbewussten zerstörerischen Triebe in die Welt mit einbauen.

Überlegen Sie mal: Die Rationalität, die allenthalben in unserer hoch technisierten Welt verkündet wird, könnte doch reine Propaganda sein.

Und auch unser bewusstes Denken und die Entwicklung der Diskurse und damit auch das Wissen und die Meinungen, die diese Diskurse hervorbringen, sind am Ende den Regeln der Evolution unterworfen. *Survival of the fittest* gilt auch für Ideen. Das bedeutet freilich leider nicht, dass sich auch die vernünftigsten Ideen durchsetzen, sondern die, die in einem bestimmten Moment am besten *passen*. (Das kann, wie bei Kernenergie, Castingshows oder Biosprit, auch mal eine total behämmerte Idee sein.)

Auch hier wird alles von allem beeinflusst.

Das Wasser und die Evolution der Meinungen

Ich gebe Ihnen ein Beispiel. Ein jeder weiß, der Mensch ist eine sich ausbreitende Wüste. Unsere Gehirne vertrocknen wie Mumien im Sahara-Sand, wenn wir uns nicht, von

ständiger Selbstdisziplin befeuert, unablässig anfeuchten. Wer kennt sie nicht, diese peinliche Situation: Man will in launiger Runde, in der man sich gegenseitig die Filme erzählt, die ein jeder schon mehrmals gesehen hat, zum allgemeinen Sozialgeräusch beitragen und ebenfalls von einem Film berichten. Aber der Titel fällt einem nicht ein. Die Hauptdarsteller nicht. Und auch nicht die Namen derjenigen Hauptdarsteller, die davor in bekannten Filmen gemeinsam mit denen, deren Namen einem um die Burg nicht einfallen wollen, gespielt haben. Also stammelt man. Und sagt: Es liegt mir auf der Zunge. Tatsächlich aber liegt auf der Zunge nur weißlicher Trockenbelag. Doch würde man nun ausgiebig kühles Wasser trinken, selbstverständlich sprudelfrei, dann würde nicht nur der Belag von der Zunge weggespült, um im Magen von Säuren in seine verdauungsnützlichen Bestandteile aufgelöst zu werden, ebenso würde das Nass einem die im Moment nicht zugänglichen Namen direkt ins Sprachzentrum spülen. Denn dass einem mitunter die Namen von Schauspielern, Urlaubsorten oder Fernsehsendungen nicht einfallen wollen, liegt nicht an Stress, Überarbeitung, Überreizung oder schlicht an der Tatsache, dass diese Namen total irrelevant sind und man sie deswegen vernünftigerweise vergessen hat, es liegt am allzu sparsamen Umgang mit Wasser.

Sicher, sollte man über 40 sein, könnte es auch ein erstes Anzeichen von Alzheimer sein.

Aber wahrscheinlich ist es das Wasser. Drei Liter täglich (mindestens!) muss ein jeder Mensch zu sich nehmen, oder er wird, als Preis für sein Versäumnis, mit grassierender

Blödheit gezeichnet. Deswegen muss man unablässig, zu jeder Stunde des Tages, eine kleine Wasserflasche mit sich führen und trinken. Aus Plastik soll sie sein, dann ist sie bruchfest, also praktisch, und das ist auch besser für die Umwelt als Glasflaschen, deren Säuberung und Neubefüllung angeblich ein kleines Öko-Armageddon darstellen.

Und man soll nicht so hastig trinken. Nicht ab und zu in gierigen Zügen, sondern regelmäßig und unablässig in kleinen Schlucken.

Und deswegen sieht man sie auch überall, die erwachsenen Flaschenkinder. Wo sie gehen und stehen, in Sitzungen sitzen, in Lounges lungern, sogar wenn sie auf dem Fitnessfahrrad indoor gegen den Zerfall des Körpers ankämpfen, überall sind sie bewaffnet mit ihren Trinkflaschen. Die Flasche ist ein Zeichen von Modernität und zeichnet ihren Träger als einen Menschen aus, der mit Respekt, beachtlicher Kenntnis und Sorgsamkeit mit dem eigenen Körper umgeht. Die kleine Trinkflasche ist kondensierter Erfolg. Es ist das Konsenswasser des um sich besorgten Mittelstands. Lecker!

Sollten Sie auch nur eine Passage des obigen Textes benickt haben, dann hat man Sie hereingelegt. Sie sind Opfer einer groß angelegten Kampagne geworden, die uns größtenteils frei erfundene Notwendigkeiten zur Zeitgeistideologie umgedeutet hat.

Gänzlich ohne Wahrheitsgehalt ist das Ganze freilich nicht, es ist schon richtig, trinkt man überhaupt nicht mehr, schadet man seiner Gesundheit auf die Dauer, obwohl man einen beträchtlichen Teil seines Flüssigkeitsbedarfs auch über die Nahrung zu sich nimmt. Sollte das nicht ausrei-

chen, hat die Natur uns aber mit einem internen Regulierungssystem ausgestattet, das schon seit Millionen von Jahren dafür sorgt, dass wir uns eines Flüssigkeitsmangels in unseren Körpern bewusst werden: Wir bekommen Durst! Dann trinken wir.

Jetzt aber haben uns Werbung und Zeitgeist erfolgreich eingeredet, dass auf die körpereigenen Signale kein Verlass ist. Wenn wir Durst verspüren, dann sei es schon zu spät, heißt es. Zu spät wofür? Zum Trinken? Also ich habe schon öfters Durst gehabt und dann getrunken und bin noch am Leben. Scheint also zu klappen.

Also warum diese ganze Wassertrinkerideologie?

Weil Wasser Geld kostet. Und das, welches in kleine Plastikflaschen abgefüllt wurde, um unsere virtuellen Bedürfnisse zu befriedigen, kostet sogar besonders viel. Im Schnitt kostet das Wasser in Flaschen etwa tausend Mal so viel wie das, welches aus Ihrem Wasserhahn kommt. Wenn Sie in Mitteleuropa leben oder gar in Deutschland und – falls Sie ganz viel Glück haben – sogar in Bayern, dann ist es nicht nur garantiert auf seine Qualität geprüft, diese Prüfungen werden auch ständig wiederholt. Das Wasser, das bei uns aus der Leitung kommt, darf mit Stolz als das wohl beste und sauberste Wasser weltweit bezeichnet werden. Wir baden darin, wir spülen Nahrungsendprodukte, welche unser Körper ausscheidet, damit in die geheimnisumwitterten Tiefen der Abwassersysteme, aber wir trinken Wasser aus Flaschen. Obwohl dieses Wasser zum großen Teil keiner Kontrolle und schon gar keiner ständigen unterliegt, oft schädliche Weichmacher aus dem Plastik der

Flaschen angenommen hat und überhaupt meist mit dubiosen Substanzen belastet ist (Kryptonit, Legosteine, Klärschlamm etc.).

So, und jetzt kann man doch nur im Stillen applaudieren. Man hat es geschafft, uns etwas zu verkaufen, was wir schon haben, und das zum tausendfachen Preis, dafür aber von deutlich schlechterer Qualität. Das ist unbestritten eine Meisterleistung. Eine Meisterleistung, die zeigt, dass unsere Auffassung von dem, was wahr, gut und richtig ist, in jeder Richtung plastisch ist. Modifizierbar.

Und nicht, dass Sie mich jetzt falsch verstehen, ich will Ihnen nicht ausreden, Wasser zu trinken, wenn Ihnen danach ist. Und Sie können das auch weiterhin als gut bewerten. Schaden wird es auf jeden Fall nicht. Da müssten Sie schon sehr viel Wasser trinken, damit es wirklich medizinisch schädlich ist. (Das schaffen wohl fast ausschließlich Marathonläufer, die sich im Verlauf eines Rennens so mit Wasser zuschütten, dass sie sich selbst lebensgefährlich »verdünnen«. Eine ganz spezielle Art von »Substanzverlust«.)

Aber das Ganze zeigt, wenn auch bei einer zugegeben harmlosen Sache, dass es Kräfte von außen gibt, die unsere Überzeugungen *erzeugen*. Der Glaube an das Wassertrinken hat ein Problem gelöst, das wir nicht haben, indem man geschickt auf der Klaviatur unserer Luxusängste gespielt hat. Denn man fühlt sich oft matt, unkonzentriert, man ist vergesslich und schusselig. Aus vielen Gründen. Da ist Wassermangel doch eine bequeme Erklärung. Auf jeden Fall besser als die, dass man aufgrund von Unfähigkeit unfähig sei.

Und gleichzeitig hat man uns den Durst ausgeredet. Durst ist angeblich kein verlässliches Anzeichen von Flüssigkeitsmangel. Selbstverständlich eine völlig aus der Luft gegriffene lächerliche Behauptung. Aber eine, die funktioniert hat. Man hat uns ein neues Schuldgefühl eingeredet. Das Gefühl, schuldhaft zu wenig zu trinken. So, wie man uns auch einredet, zu wenig Vitamine, Mineralstoffe und probiotische Omega-3-Fettsäuren oder was weiß ich zu uns zu nehmen. Dabei ist doch in unseren Tagen für jeden sichtbar, dass das *zu viel* unser Problem ist und nicht das *zu wenig*. Wir leiden eher am zu groß als am zu klein. Die meisten Mangelerscheinungen, die die Werbung uns suggeriert, gibt es in westlichen Industrienationen überhaupt nicht. Einige sind gar nur im Labor bei Versuchstieren zu erzeugen, wenn man sie wochenlang total einseitig ernährt. Man hat uns also bei unserer Eitelkeit, unseren Minderwertigkeitsgefühlen und unseren Ängsten gekriegt. Wobei »man« das interessanteste Wort im vorangegangenen Satz ist. Wer ist »man«? Kennen wir den? Die Pharaonen von Danone und Nestlé? Sind die tatsächlich so mächtig? Diese Ideologien finden wir ja nicht nur in der Werbung, sondern überall in der Öffentlichkeit. In Artikeln über Gesundheit und Tipps zum erfolgreichen Lebensvollzug. In Unterhaltungssendungen und Spielfilmen, überall sieht man die Dynamischen mit ihren Trinkflaschen bewaffnet. Ist der Arm der Konzerne wirklich so lang? Wohl eher nicht.

Also, was ist bei dem »Wasser trinken«-Diskurs passiert? Friedrich Nietzsche analysiert die Lage der »letzten Menschen« (das wären wir konsumorientierten Ego-Shooter)

mit dem Gedanken, dass, wenn Gott tot ist, die Gesundheit das höchste Gut wird. Es gilt sich zu erhalten, weil ein Relaunch in einer nächsten Welt nicht mehr sicher ist. Diese Gedanken und Empfindungen schaffen die Stimmung, den Zeitgeist für den Diskurs um die richtige Wassermenge, die jeder vernünftige und sorgsame Mensch zu sich zu nehmen hat. Die Sorge um das eigene Wohlbefinden wird oberstes Gebot. Das »Selbst« aus dem christlichen Gebot »liebe deinen Nächsten wie dich selbst« tritt jetzt immer mehr in den Vordergrund. Und die »anderen« werden dann mehr und mehr weggelassen, und übrig bleibt nur noch die Eigenliebe. Stellt man dann fest, dass man das mit der Nächstenliebe noch immer nicht hingekriegt hat, dann liebt man sich selbst eben noch zu wenig. Man muss sich also noch mehr lieben, sich noch mehr um sich und für sich sorgen, dann kommt der Rest schon von selbst. Im Kapitalismus ist eben jeder für seinen eigenen Orgasmus verantwortlich.

Also, wir sollen gesund sein. Wir sind aber schon gesund. Das ist hauptsächlich der guten Ernährung und der Erfindung der Hygiene zu verdanken. Weil man aber mit Gesundheit nicht zu knapp Geld verdienen kann, muss man sich etwas einfallen lassen. Die Möglichkeiten sind zweierlei. Erstens, man kann behaupten, wir seien doch nicht gesund. Wir seien eigentlich krank und merkten es nur nicht. Oder man kann zweitens behaupten, Gesundheit genüge nicht mehr, wir sollten »übergesund« sein. Supergesund.

Tatsächlich werden beide Strategien verfolgt. Und beiden »Bedrohungen« wird man durch ausführliches Wassertrinken Herr. Die Mischung aus merkantilem Streben und dem

allgemeinen Ego-Zeitgeist ergibt ein Gesundheitsgebot, das zwar vollkommen realitätsfern ist, innerhalb des Diskurses aber vollkommen schlüssig und erfolgreich scheint.

Aus diesem Blickwinkel lässt sich manche Antinomie erklären. Zum Beispiel auch, warum sehr viele an sich hochvernünftige Mitmenschen sich entschieden haben, einen SUV zu kaufen. Ein Sport Utility Vehicle. Eine Luxus-Geländelimousine. Also ein Auto, das mindestens zwei Tonnen wiegt, nur um damit den hochvernünftigen Menschen und vielleicht noch seine 1,6 Normkinder zu transportieren. Also höchstens 150 Kilo. Im Prinzip könnten Sie mit dem SUV den ganzen Tag querfeldein durch die Pampa fahren, was Sie aber freilich nicht müssen, immerhin leben Sie in einem Land mit vorbildlicher Verkehrsinfrastruktur und deswegen ausgeprägtem Straßennetz. Und Querfeldeinfahren ist auch verboten.

Natürlich hat der hochvernünftige Mensch wegen seines Wagens Schuldgefühle. Er ist klug genug zu wissen, dass er seine Leibesfrucht mit einem Ökozid auf vier Rädern zur Ballettstunde fährt. Aber er macht es dennoch. Wie geht das? Oder besser – wieso macht *man* das?

Man, oh man – was tun?

Martin Heidegger analysiert in seinem Hauptwerk »Sein und Zeit« das »man« als eine Sprachform, die immer die anderen meint. »Das macht *man* so« meint, das ist die konventionelle Übereinkunft von allen *anderen,* die Dinge so oder

so zu regeln. Ironischerweise beschreibt dieses »man« aber *immer* nur die anderen. Auch dann, wenn es von jemand anderem gesagt wird. Der meint dann auch die anderen. Also einen selbst? Weil man ja dann der andere ist? Eben nicht. Das »man« ist ein Begriff für die *virtuelle Allgemeinheit.* Niemand war je dabei, als eine Vereinbarung über das richtige Verhalten getroffen wurde. Aber sie wurde getroffen. Von wem? Nun, die hat *man* eben getroffen. Es gibt hier keinen Agenten mehr, der eine Entscheidung trifft, der plant oder etwas will. Es passiert einfach. Ein evolutionäres Prinzip, das sich aus den immer wechselnden Umständen ergibt.

Aus Sorge um sich und aus Sorge um die Seinen. Immerhin ist so ein gewaltiger Wagen sehr sicher. Also für diejenigen, die drinsitzen. Gleichzeitig ist er auch sensationell unsicher. Nämlich für diejenigen, die nicht drinsitzen. Jeder, der schon mal an der Ampel neben einem SUV stand und nach oben blicken musste, um die Authentizität des Blonds der am Steuer befindlichen Zahnarztgattin zu beurteilen, weiß, dass *man* neben so einem tonnenschweren Panzerfahrzeug ins Grübeln kommt. Was passiert wohl, wenn ich mit dem zusammenrumple? Dann hat der vermutlich einen eingedellten Kotflügel. Und ich bin tot. Das wiederum erzeugt das Bedürfnis, fürderhin nicht mehr in einem hochvernünftigen Smart zu sitzen, sondern die Welt des Straßenverkehrs wie die Zahnarztgattin von oben zu sehen. SUVs schützen einen also – wovor? Vor der Unsicherheit, die sich einstellt, wenn man neben ihnen an der Ampel steht. Ein Produkt, das über seinen Verkauf die Nachfrage nach sich selbst automatisch mit erzeugt. Wiederum Applaus!

Von außen betrachtet, ist das alles freilich offensichtlicher Wahnsinn. Man kauft riesige, völlig unvernünftige Autos, weil man vernünftigerweise Angst vor den Dingern hat. Rational wäre es also, auf so ein Auto zu verzichten. Die Sorge um das eigene Wohlbefinden und um das der Kinder aber sorgt dafür, dass man bei dem irren Wettbewerb um das größte Fahrzeug mitmacht. Was wiederum völlig verständlich ist, weil einem die Sorge um die eigene Familie und das eigene Wohl nun mal deutlich näher liegt als die abstrakte Sorge um eine vernünftige Welt. Das Problem ist also, dass vernünftigerweise *alle* auf SUVs verzichten müssten. Aber das kann *man* nicht verlangen.

Also sind wir einmal mehr in der Situation, in der *jeder* sagen wird, ich würde vernünftig sein, wenn *alle* vernünftig wären. Alle sind aber nicht vernünftig, deswegen bin ich allein es auch nicht. Weil wenn alle unvernünftig sind, ist es vernünftig, ebenfalls unvernünftig zu sein, weil man sonst als einzelner Vernünftiger von den Unvernünftigen mindestens übervorteilt, im schlimmeren Fall sogar platt gefahren wird. Die mentale Geste, die hier anwest, findet sich exemplarisch in der Aussage: »Wenn ich es nicht mache, macht es ein anderer.«

Mit diesem Satz sah sich der Computerpionier und Denker Joseph Weizenbaum bei seinem Feldzug gegen die Unvernunft des Öfteren konfrontiert. Zum Beispiel bei einem Vortrag in Berlin, als er versuchte, angehende Wissenschaftler davon zu überzeugen, dass sie für das verantwortlich sind, was aus ihrer Forschung gemacht wird. Eine moralisch gesehen belastende Position, weil ja der größte Teil der wis-

senschaftlichen Forschung durch Gelder der Rüstungsindustrie angetrieben wird. Wenn man also etwas vermeintlich Harmloses entdeckt oder erfindet, könnte das in der Folge zu etwas gänzlich Unharmlosen werden. Denken Sie nur an Alfred Nobel, der sein Dynamit entdeckte, um Sprengungen im Bergbau gefahrloser zu machen, oder an Otto Hahn und die Kernspaltung (siehe Seite 99 im Abschnitt »One World. No Vision«). Wenn man allerdings im Auge behalten würde, das aus Gedankengut Gedankenschlecht werden kann, dann darf man so manche Forschung überhaupt nicht betreiben. Betreibt man sie aber nicht, bleiben Preise, Ehrungen, Doktortitel und Eigentumswohnungen aus. Dumme Sache das. Also klagte einer der von Professor Weizenbaum moralisch belästigten Studenten dem Auditorium sein Leid mit dem Satz: »Wenn ich es nicht mache, macht es ein anderer.« Und da hatte er freilich recht. Professor Weizenbaum aber entgegnete: Man befände sich in Berlin, einer pulsierenden Großstadt mit all ihren Vor- und Nachteilen. Zu den Nachteilen aber gehöre es, dass Frauen vergewaltigt würden. Jedes Jahr würden in Berlin Frauen vergewaltigt, das sei eine Tatsache. Und wenn aber nun klar sei, dass ständig Frauen vergewaltigt würden, dann könne der junge Mann doch auch jetzt gehen und eine Frau vergewaltigen, denn, *wenn er es nicht tut, macht es ein anderer.*

Das ist jetzt freilich gemein und polemisch, bringt aber im Wesentlichen unser derzeitiges moralisches Dilemma auf den Punkt. Keiner will direkt für Ungerechtigkeit, Gewalt oder Verbrechen verantwortlich sein. Und die meisten sind auch tatsächlich überhaupt kein bisschen krimi-

nell. Grausamkeit und Gewalt kämen ihnen nicht den Sinn. Die meisten wollen, dass es ihren Mitmenschen gut geht, und sei es nur deswegen, weil sie dann nicht von deren Anspruch auf Mildtätigkeit belästigt werden. Aber wohl nicht nur. Es ist uns ein menschliches Bedürfnis zu glauben, die Welt sei gut und gerecht. Und wenn Mitmenschen unverschuldet in Not geraten, dann tut uns das leid.

Auf der anderen Seite aber wissen wir längst, dass wir Teil eines ausbeuterischen brutalen Systems sind und dass die Waren und Produkte, die uns umgeben, mit Blut, Gewalt und Ungerechtigkeit erkauft sind. Wir wissen, dass unsere schicke Billigkleidung von kleinen chinesischen Mädchen genäht worden ist. Wir wissen, dass unsere Mobiltelefone Komponenten enthalten, die den Jahrzehnte andauernden Bürgerkrieg im Kongo in Gang halten, wir wissen, dass die schicken Nespresso-Kapseln allen Geld und Prestige bringen, nur den indianischen Kaffeepflückern nicht und und und ... Und dennoch, obwohl wir keine schlechten Menschen sind, ändern wir unser Verhalten nicht. Ja, mehr noch, die, die versuchen, ihr Verhalten anzupassen, nennen wir abfällig Ökos oder Gutmenschen.

Unsere moralischen Urteile sind also immer nur direkt möglich. Das institutionalisierte Verbrechen, das sich als (notwendige) Wirtschaftsform tarnt, ich würde es gern (im Gegensatz zum Allgemeingut) »Allgemeinschlecht« nennen, empfinden wir *nicht* als böse. Nicht mal dann, wenn wir von Berichten über Ausbeutung und Bürgerkrieg ehrlich erschüttert sind. Freilich verstehen wir dann, dass auch wir Teil dieser Vorgänge sind, und fühlen uns kurz mulmig.

Was allerdings am Ende wirklich zählt, ist die Tat, ist das, was in der wirklichen Welt stattfindet, und nicht, was man wollte oder was man empfunden hat, als man es nicht wollte. Das sind alles letztlich Fragen für Anwälte, die auf mildernde Umstände plädieren wollen.

Dennoch, bei jedem Einkauf müssten wir uns die sozialen Zusammenhänge oder Fragen der Nachhaltigkeit mühsam intellektuell herbeikonstruieren. Wir empfinden sie nicht. Wenn es ans Shoppen geht, dann geht es um mächtigere Gefühle, um Anpassung oder um Nonkonformismus (der, wenn alle Nonkonformisten sind, ja wiederum konform wird). Es geht um Erotik, um mögliche Geschlechtspartner, um gesellschaftlichen Status. Alles freilich viel wichtiger als »ferne« Ungerechtigkeiten oder der nicht nachhaltige Umgang mit der Umwelt. Sie sind abstrakt und deswegen nur mittelbar für das Erleben wichtig. Mode und Norm sind unmittelbar. Aber auf der anderen Seite wissen wir, dass auch sie, obwohl sie unsere Gefühle organisieren, erlernt sind. Eingepflanzt von der großen kapitalistischen Wunschmaschine. Also könnte man diese Gefühlscluster auch ändern.

Wir könnten ein neues »man« konstruieren, das Verstöße gegen Nachhaltigkeit oder soziale Gerechtigkeit beim Einkauf oder ähnlichen Handlungen im Lebensvollzug als Übertretung wahrnehmbar macht. Billigkleidung vom Ausbeuterbetrieb zu kaufen könnte zu einem »das tut *man* nicht« werden. Ebenso wie übermäßiger Energie- oder Wasserverbrauch oder Ähnliches. Dazu allerdings müsste *man* dieses neue Gefühl einüben. Das wäre gut. Die Moral in einer komplexen Welt müsste in der Lage sein, auch

»um die Ecke« wirksam zu sein, oder sie muss wirkungslos bleiben. Bleibt sie aber wirkungslos, hat sie in einer globalisierten Welt ihre Funktion als Regulator und Vermittler zwischen Individuum und Umwelt verfehlt. Und das wiederum könnte zu – wir erinnern uns: »survival of the fittest« – unserer Ausmendelung aus dem Dasein führen. Wäre doch schad. Wir sind so interessant.

Die Frage aber lautet jetzt freilich: Ist eine solche »um die Ecke« wirksame Moral denkbar? Oder genauer, ist sie verbindlich begründbar? Was man bräuchte, wäre eine Moral, die über dieses oder jenes partikulare Ethos hinausgeht. Also eine allgemein verbindliche Moral. Und da bietet sich das an, was John Rawls und andere im Nachgang der Überlegungen von Immanuel Kant erarbeitet haben. Also eine überzeitliche und translokale Vernunftmoral, die gedanklich auf der sogenannten Goldenen Regel fußt.

Warum man jemandem nicht auf den Kopf schlagen soll – oder gibt es eine vernünftige Moral?

Eigentlich bestechend einfach: Man soll jemandem nicht auf den Kopf schlagen, weil man selbst es nicht mögen würde, wenn einem jemand auf den Kopf schlägt. Immerhin könnte das zu schlimmen Schmerzen oder je nach Heftigkeit des Schlagens sogar zu irreparablen Schäden führen, und das würde man nicht wollen. Deswegen geht man davon aus, dass *niemand* es gern mag, wenn man ihm (oder

ihr) auf den Kopf schlägt. Was aber wiederum bedeutet, dass *alle* nicht wollen, dass ihnen auf den Kopf geschlagen wird. Zu *allen* aber, das wissen wir aus der Mengenlehre, gehört jeder *Einzelne* dazu. Deswegen gilt auch die Regel des Anderen-nicht-auf-den-Kopf-Schlagens für jeden Einzelnen. q. e. d.

Trotz dieser unmittelbar einleuchtenden Argumentation hat diese Regel, die auch die »Goldene« genannt wird, in der Vergangenheit nicht dazu geführt, dass niemandem mehr auf den Kopf geschlagen wurde. Es ist eine dieser typischen Regeln, die im Regelfall befolgt werden, von der es aber immer wieder Ausnahmen zu geben scheint. Das war für Kritiker dieser Regel Anlass zu vermuten, das ganze Konstrukt sei in Wirklichkeit nur ein Trick der Schwachen, sich die Starken vom Leib beziehungsweise vom Kopf fernzuhalten, weil sie eben tatsächlich nur zu schwach seien, denen, die ihnen auf den Kopf schlagen wollten, wiederum ihrerseits auf den Kopf zu schlagen, um so wieder einen »harmonischen« Zustand des ausgeglichenen Schadens herzustellen.

Befürworter der Regel aber sahen gerade in der Ausnahme, also in der Übertretung der Regel, ein Argument für deren *allgemeine Gültigkeit*. Zwar würde die Regel immer wieder nicht beachtet, aber schon der Vorgang des Nichtbeachtens einer Regel zeige, dass sie vorhanden sei. Immerhin kann nur Vorhandenes ignoriert werden. Nicht Vorhandenes zu ignorieren sei dagegen unmöglich. Also zeige eben gerade die Ausnahme die eigentliche Regelhaftigkeit der Regel. Oder anders: Die Regel wird umso stär-

ker, je mehr man sie übertritt, weil ja jede Übertretung auf ihre Existenz hinweist. Ob das aber tatsächlich ein Trost für die Träger von verbeulten Köpfen darstellt, bleibt ungewiss. Zweifellos aber ist es ein Trost für die Moralphilosophen, die die Regel erfunden und/oder propagiert hatten. Denn weiterhin behaupteten sie, die Regel sei gar nicht *er*funden, sondern *ge*funden. Die Regel sei absolut grundsätzlicher Natur, und ihre Übertretung stelle sozusagen die Verletzung eines Naturgesetzes dar, das an sich harmonische Weltengefüge würde durch die Übertretung aufs Spiel gesetzt. Und wer sich einer Übertretung des Gesetzes schuldig mache, wäre also nicht nur vom subjektiv menschlichen Standpunkt aus gesehen schuldig, sondern sogar von einem objektiv metamenschlichen Standpunkt aus.

Was aber immer noch in vielen Fällen nicht dazu führte, dass man gänzlich damit aufhörte, anderen auf den Kopf zu schlagen. Trotz dieser starken Begründung für ihre Befolgung wurde die Regel nur in den meisten Fällen beachtet, in Ausnahmefällen aber immer wieder ignoriert. Köpfe bluteten, aber das Weltgefüge insgesamt schien kaum in Mitleidenschaft gezogen. Und immer wieder wurde die Frage gestellt, was denn eine Regel wirklich wert sei, die nur im Regelfall gelte. Wäre doch ihre Einhaltung, also ihre absolute Verbindlichkeit immer dann am wichtigsten, wenn der Ausnahmefall herrsche.

Also sehen wir uns die Regel noch mal an. »Was du nicht willst, das man dir tu, das füge auch keinem anderen zu.« Ich sage, diese Regel kann man nur mit dem Hirzen, dem virtuellen Kombinationsorgan aus Hirn und Herzen,

sehen. Es geht also um Vernunft einerseits und Empathie andererseits, das heißt beide Gehirnhälften werden benötigt. Es ist vernünftig, andere so zu behandeln, wie man selbst behandelt werden will, weil dann im Umkehrschluss auch die anderen einen selbst so behandeln, wie man behandelt werden möchte. Man stülpt das eigene Bedürfnis nach außen und projiziert es auf die anderen, die wiederum ihre Bedürfnisse auf einen selbst zurückübertragen. Diese Regel lässt sich also auch positiv aussagen und heißt dann: »Was du willst, das man dir tu, das füge anderen zu.«

Okay. Was aber ist dann jetzt beispielsweise mit den Masochisten? Hielten sich die Masochisten an die Goldene Regel, würden sie alle um sich herum ständig demütigen und quälen, weil sie das selbst ja als wünschenswert empfinden. Ohne Zweifel sind die Masochisten in der Minderheit, stellen also die Ausnahme dar. Doch zeigt sich der Zivilisationsgrad einer Gesellschaft nicht eben an ihrem Umgang mit den Minderheiten? Sollen wir uns also ständig aus moralischen Gründen von einer Minderheit terrorisieren lassen, weil die das wollen und deswegen projektiv annehmen müssen, die Mehrheit wolle das auch? Eben nicht. Man verlangt also von den Masochisten, dass sie die Goldene Regel befolgen, indem sie anderen *nicht* das antun, was sie selbst gern an sich erfahren würden, sondern dadurch, indem sie das tun, von dem sie *glauben,* dass die anderen, die »Normalen« in der Mehrheit, es wollen. Wir verlassen hier also schon mal den Bereich des Naturgesetzlichen, der ja eher dem Wissen zugeordnet ist, und wechseln in den Bereich der Mutmaßung. Die Grenzen der Goldenen Regel zeigen

sich also schon dadurch, dass man eben kaum weiß, was die anderen wollen, immerhin weiß man ja kaum, was man selbst will. Bei dem, was man nicht will, wird es zwar schon einfacher, aber auch nicht unproblematisch.

Und auch das vorher angesprochene Argument für die Goldene Regel, nämlich dass sie bestätigt wird, indem man sie übertritt, ist nicht unproblematisch. Das zeigt exemplarisch der Fall des »Kannibalen von Rothenburg«, der sich an die Goldene Regel hielt und sie gleichzeitig auch übertrat. Im Regelfall geht man mit gutem Recht davon aus, dass Menschen nicht gegessen werden wollen. Deswegen gilt die Regel, du sollst andere Menschen nicht essen, denn das mögen sie nicht. Und du willst vice versa auch nicht von anderen gegessen werden. Der »Kannibale von Rothenburg« aber wollte, aufgrund einer abweichend verlaufenen Sozialisation, eben genau jemand anderen essen. Nicht weil er Hunger litt, sondern aus obskuren sexuellen Gründen. Dass er jetzt aber genau auf jemanden trifft, der seinerseits aus sexuellen Gründen davon träumt, verspeist zu werden, wäre bis zur Erfindung des Internets ein fast schon unmöglich zu nennender Zufall gewesen. Doch das weltweite Netz machte es möglich. Jetzt fanden sich tatsächlich zwei, die sich ansonsten wohl nie gefunden hätten. Einer wollte gegessen werden, der andere wollte essen. Hier war der Satz »Was du nicht willst, das man dir tu, das füge keinem anderen zu« also außer Kraft gesetzt und in sein Gegenteil verwandelt worden. Dennoch sind die meisten weit davon entfernt zu behaupten, der »Kannibale von Rothenburg« hätte in bewundernswerter Weise moralisch einwandfrei

gehandelt. Bestenfalls würde man es ihm als mildernden Umstand anrechnen, dass er nicht aus dem Gebüsch heraus den Nächstbesten angefallen hatte, um ihn zu verspeisen, der womöglich, wie die meisten Menschen, überhaupt gar keine Lust dazu hatte.

Die Regel gilt also tatsächlich nur im Regelfall. Der Ausnahmefall fällt nicht unter die Regel, auch dann nicht, wenn sich die Ausnahme wie der Kannibale an die Regel hält. Was der Kannibale und sein Opfer mit ihrem Hirzen »gesehen« haben, war etwas fundamental anderes als das, was die Mehrheit wahrgenommen hat. Es gibt also fundamentale Unterschiede zwischen den Menschen, während die Goldene Regel auf fundamentale Gleichheit abzielt. Das wiederum aber zeigt, dass die Regel eben doch *kein* übergreifendes Naturgesetz ist, das auch durch seine Übertretung bestätigt wird, sondern wieder nur eine Vereinbarung zwischen Menschen. Denn der Kannibale hatte die Regel übertreten, *ohne* sie zu ignorieren.

Wie soll man damit jetzt umgehen?

Um die Regel zu retten, könnte man vorschlagen, den »Kannibalen« aus der Menge von »allen« herauszunehmen, indem man beschließt, er sei kein Mensch, sondern wahlweise ein Unter-, Un- oder Über-Mensch. Geschmackssache. So kann man die Regel für alle anderen beibehalten. Aber damit begibt man sich wiederum aus dem Feld der überzeitlichen intersozialen Moral in den Bereich jener Ethik, die Aristoteles beschrieben hatte. Ethik sei ein zu einer bestimmten Zeit, von vernünftigen wohlwollenden Menschen vereinbartes Regelsystem, das immer wie-

der den jeweiligen Bedürfnissen der sich verändernden Gesellschaft angepasst werden muss.

Regeln sind also modifizierbar durch Ort und Zeit. *Überzeitliche ortsunabhängige Metaregeln* gibt es nicht.

Das ist jetzt als Ergebnis unserer Überlegungen keine Kleinigkeit. Denn auf diese Weise gibt es eigentlich keine Möglichkeit mehr, moralisch abweichendes Verhalten zu verurteilen. Oder besser, nur »kleine« moralische Verfehlungen, die innerhalb eines Ethos begangen werden, können zu Recht verurteilt werden. Wenn sich aber der gesamte Referenzrahmen eines Ethos verschoben hat, dann kann »abweichendes« oder »unmoralisches« Verhalten innerhalb des so verschobenen Referenzrahmens an sich nicht mehr so bezeichnet werden. Also wirklich schlimme, sogenannte Menschheitsverbrechen werden unter diesem Gesichtspunkt zum normalen Verhalten in einem bestimmten Ethos zu einer bestimmten Zeit.

Das ist selbstverständlich ein völlig unbefriedigendes Ergebnis. Auch weil es dem eigenen Rechtsempfinden in unseren *Hirzen* völlig widerspricht. Aber ist nicht dieses jeweilige »Rechtsempfinden« nur das Ergebnis unserer jeweiligen Sozialisation in unserem aktuellen moralischen Referenzrahmen? Wenn wir also in der Geschichte zurückblicken, dann sehen wir Verbrechen wie einen Völkermord mit Abscheu und als größte anzunehmende Verfehlung an, weil sich unser Referenzrahmen eben wieder mal verschoben hat?

Konkret: Als in den 1968er-Zeiten die Kinder der Nazigeneration ihren Eltern die Kriegsverbrechen aus zwölf Jahren NS-Herrschaft vorwarfen, da befanden sich die Kinder

in einem völlig anderen sozialen und moralischen Referenzrahmen als ihre Eltern damals. Deswegen antworteten die Eltern wohl häufig mit dem Satz: »Darüber spreche ich nicht mit dir.« Die Kinder deuteten das als: »Ja, auch ich habe mitgemacht.« Sonst hätten sie ja keinen Grund gehabt zu schweigen. Gemeint aber war wohl »das verstehst du nicht«, denn das damals waren eben *andere Zeiten*. Der Referenzrahmen »Krieg« lässt nicht nur gewalttätigere Handlungen zu, er erfordert und legitimiert sie. Die Eltern hatten sich also, von einem heutigen Referenzrahmen aus betrachtet, (zum Teil) schuldig gemacht, aber aus ihrer Sicht hatten sie kein Problem mit ihrem Verhalten. Denn zu der Zeit der jeweiligen Handlungen galten diese ja nicht als »Unrecht«, sondern im Gegenteil als notwendig und vernünftig.

Finden also moralische Handlungen (»moralisch« hier jetzt im weitesten Sinn begriffen als das, was eben zu einer bestimmten Zeit als angemessen oder erforderlich gilt) in einem bestimmten Ethos statt, dann kann sich die Auffassung über deren Legitimität mit der Zeit (und dem Ort) sehr wohl ändern. Aber es gibt keine Exklusivität der Moralauffassungen. Jede ist so »gut« wie die andere.

Was bedeutet das jetzt? Dass man Naziverbrecher nicht mehr verurteilen kann? Tatsächlich bedeutet es genau das. Zumindest kann man sich nicht auf ein ewiges Moralgesetz berufen. Gleichzeitig können und müssen Kriegsverbrecher sehr wohl verurteilt werden, um dadurch das eigene aktuelle Moralsystem zu stärken. Ein ethisches Handeln und Fühlen ist also, auch wenn es keine absolute Verbindlichkeit kennt, eine wesentliche Form des Erzeugens der ei-

genen sozialen Umwelt und der eigenen Identität. In einer Abwandlung der Goldenen Regel könnte man also folgende Fragen als die grundsätzlichen Fragen der Moral betrachten: »Wie will ich sein? Und wie soll die Welt sein, die ich mit meinen Handlungen mit verursache?«

Ethische Fragen werden damit freilich zu Aktionen der Selbstbehauptung und Selbstermächtigung – also zu Fragen der Macht. Eine absolute moralische Überlegenheit des einen moralischen Systems über das andere gibt es nicht. Aber da eben jedes moralische System seinen Wert hat, müssen wir auch unser jetziges nicht geringer schätzen als andere. Tatsächlich zeichnen sich die Goldene Regel oder noch etwas sublimer deren Weiterentwicklungen von Kant (kategorischer Imperativ) und später Rawls und anderen durch ihre Vernünftigkeit aus. Vernünftige Systeme des Zusammenlebens ermöglichen ein erfreuliches Zusammenleben. Wobei sich freilich die Frage danach, was genau im Einzelnen als »vernünftig« gilt und erfreulich, immer wieder verschiebt, verändert und erneuert werden muss. Man muss das Wesentliche immer wieder mit seinem Hirzen neu sehen und entstehen lassen.

Der sehr dicke und der sehr dünne Mann

An einem schönen Frühlingstag sitzen der sehr dicke Mann und der sehr dünne Mann jeweils allein an nebeneinanderstehenden Tischen im Garten eines gutbürgerlichen Restaurants.

Der sehr dicke Mann (dem Kellner die Karte reichend): Ich nehme das Ochsencarpaccio mit den Wachteleiern als Vorspeise, dann die Lammhaxe und dann ... schau'n wir mal, da bringen Sie mir einfach die Dessertkarte noch mal.

Der Kellner: Sehr gern. Und zu trinken? Nur Wasser?

Der sehr dicke Mann: Um Himmels willen, nein, nein, den grünen Veltliner.

Der Kellner: Sehr gern. *(Er wendet sich dem sehr dünnen Mann zu, der während der ganzen Zeit missmutig in die Karte geguckt hat.)* Und was darf ich Ihnen bringen?

Der sehr dünne Mann: Ein rein veganes Gericht bieten Sie nicht an?

Der Kellner: Nein, tut mir leid, mein Herr. Unser Lokal heißt »Bacchus«. *(Er zwinkert dem sehr dicken Mann zu.)*

Der sehr dünne Mann: Aber Sie haben auch nichts wirklich Vegetarisches. Da ist ja überall Fleisch dabei.

Der Kellner: Hm, ich könnte den Koch bitten, bei den Gnocchi die Rinderlendenstreifen wegzulassen und dafür mehr gedünstetes Gemüse hineinzutun.

Der sehr dünne Mann: Aha ... wo kommt denn Ihr Gemüse her?

Der Kellner: Vom Markt, denke ich.

Der sehr dünne Mann: Wissen Sie, ich frage nicht, um Sie zu schikanieren, und ich weiß schon, dass Sie mich für eine Zumutung halten, das hab ich vorhin schon bemerkt, als Sie dem Herrn am Nebentisch zugezwinkert haben. Aber es geht mir hier nicht nur um meine Gesundheit, es geht mir auch um den CO_2-Ausstoß und um das Humane all-

gemein. Ich esse deswegen kein Fleisch, weil die Tierproduktion unmenschlich ist, weil gewaltige Anbaugebiete für die Tiernahrung bereitgestellt werden müssen, dann aber nicht mehr für Menschen zu Verfügung stehen und so den Hunger in der Welt mehren. Und darum, dass enorme Transportwege sowohl für Fleisch als auch für Gemüse für einen gewaltigen Schadstoffausstoß verantwortlich sind. Deswegen ...

Der dicke Mann (sich einmischend): Wenn Sie jetzt nicht bald bestellen, dann sind Sie vor allem für meinen Hunger verantwortlich, weil der Kellner nicht in Küche kommt, um meine Bestellung aufzugeben.

Der Kellner: Ich weiß, dass der Koch heute eben erst Radieschen und Salat auf dem Bio-Markt gekauft hat. Alles frisch ... und vom Bauern aus der Umgebung.

Der sehr dünne Mann: Gut, dann eben einen Salat.

Der Keller: Wein dazu? Der ist aus garantiert biologischem Anbau.

Der sehr dünne Mann: Ein Wasser bitte. Ohne Kohlensäure, das greift die Zähne an.

Der Kellner: Sehr gern. (*Er entfernt sich rasch und leicht kopfschüttelnd.)*

(Nach kurzer Stille)

Der sehr dicke Mann: Sie wissen schon, dass Sie mich diskriminieren?

Der sehr dünne Mann: Was? Ich? Sie?

Der sehr dicke Mann: Selbstverständlich. Das wissen Sie sehr wohl. Ich denke, deswegen haben Sie sich so ostentativ neben mich gesetzt, obwohl auch noch andere Tische

im Garten frei gewesen wären. Sie wollten mich erniedrigen. Mir Schuldgefühle vermitteln mit Ihrer penetranten Gesundheit. Aber mit uns Dicken kann man es ja machen. Auf uns hacken alle herum.

Der sehr dünne Mann: Also, das ist unverschämt. Sie verdrehen ja die Tatsachen. Das Gegenteil ist der Fall. Sie haben doch von Anfang an mich diskriminiert. Wie Sie hier schon so breit sitzen, als ob das ganze Lokal Ihnen gehörte. Und wie Sie dann mit dem Kellner Blicke ausgetauscht haben ... aber ich kenn das ja. Wenn man sich um die Welt sorgt und auf die eigene Gesundheit schaut, wird man in diesem Land immer noch schief angesehen. Sicher, alle sind für den Tierschutz und für den Klimaschutz und für Nachhaltigkeit und soziale Gerechtigkeit und und und ... aber machen will keiner was.

Der sehr dicke Mann: Hören Sie sich doch mal selber beim Reden zu. Eine ganze Hasstirade auf Menschen von meinem Schlag. Wir sind nicht nur fett und hässlich, wie uns die Werbung sowieso schon den ganzen Tag einredet. Jetzt sind wir auch noch schlecht fürs Klima, verursachen den Hunger in der Welt und quälen Tiere. Dabei sind Sie und Ihre anorektischen Freunde die wahren Schädlinge der Gesellschaft.

Der sehr dünne Mann: Bitte, ich bin ein Schädling? (*Er ist bleich vor Zorn geworden.*) Wer belastet denn das Gesundheitssystem mit seinem Diabetes, mit Gelenkproblemen, Bluthochdruck und was weiß ich noch allem? Das sind doch die Übergewichtigen und die Raucher, die dafür sorgen, dass die Solidargemeinschaft mit ihrem Geld da-

für aufkommen muss, dass Einzelne wie Sie ihren Hals nicht vollkriegen können!

Der sehr dicke Mann: Da unterliegen Sie aber einer profunden Desinformation. Tatsächlich hat man kürzlich mal durchgerechnet, wer das Gesundheitssystem mehr kostet, der übergewichtige Raucher oder der körndlgefütterte, ausgedörrte Yogatrainer. Nun, wie Sie bestimmt wissen, kosten wir das Gesundheitssystem am allermeisten in den letzten paar Wochen unseres Lebens, wenn wir an teuren Apparaten hängen und durch den Schlauch atmen. Der übergewichtige Raucher aber stirbt vorher und vor allem *plötzlich* am Herzinfarkt. Das ist billig. Wohingegen der Gesunde, der stirbt dann eher an Krebs, das zieht sich und zieht sich und zieht sich, weil er ja so gesund ist. Und das kostet und kostet und kostet.

Der sehr dünne Mann: Sehen Sie, so ist das überall. Man wirft mir meine Gesundheit vor.

Der sehr dicke Mann: Das Gegenteil trifft zu. Überall wird Gesundheit von einem gefordert. Aber das ist der blanke Egoismus! Der anständige Mensch stirbt frühzeitig und schafft so Platz für neues Leben.

Der sehr dünne Mann: Jetzt werfen Sie mir bestimmt auch gleich noch vor, dass ich Vegetarier bin.

Der sehr dicke Mann: Ja, freilich. Ich halte den Vegetarismus für eine Perversion. Einen Verrat an der menschlichen Rasse.

Der sehr dünne Mann: Sie sind ja verrückt.

Der sehr dicke Mann: Überhaupt nicht. Da hat sich der Mensch im Verlauf der Evolution mühsam an die Spitze

der Nahrungskette gemendelt, und Sie spucken auf diese Leistung der Zivilisation, indem Sie wehrlose Salate essen.

Der sehr dünne Mann: Haben Sie überhaupt kein Mitleid mit den Tieren?

Der sehr dicke Mann: Doch, aber noch mehr mit den Menschen. Und die sind euch sentimentalen Tierschützer-Egoisten ja egal. Sie sind doch bestimmt auch so einer, der in Kriegsgebiete fährt, um dort streunende Hunde zu retten, die Menschen aber verrecken lässt, weil die es ja nicht verdient haben, dass man sie rettet.

Der sehr dünne Mann (sich erhebend): Sie überheblicher fett… fe… fehlentwickelter … Mensch … Sie lassen mich meinen Pazifismus vergessen, Sie …

Der Kellner (servierend): So, meine Herren, ein Ochsencarpaccio und hier ein Frühlingssalat. Der Koch hat noch ein paar Knoblauchcroutons draufgetan, die er extra, wie er mir gesagt hat, in reinem kalt gepresstem Pflanzenöl herausgebacken hat. (*Dem sehr dünnen Mann zuzwinkernd.*) Der Koch ist nämlich auch Vegetarier wie Sie. Genau wie sein großes Vorbild.

Der sehr dünne Mann: Danke. (*Er probiert.*) Danke, sagen Sie ihm einen lieben Gruß, das ist sehr gut. Darf ich fragen, wer sein Vorbild ist?

Der Kellner: Äh, Hitler.

One World. No Vision.

Ein Argument für die atomwaffenfreie Welt:
Dann wird endlich ein Weltkrieg wieder möglich.

Schauen wir uns doch als Nächstes an, wie sich unser Referenzrahmen in den letzten Jahrzehnten verändert hat. Und inwieweit die »ganze Welt« zu unserem moralischen Bezugspunkt geworden ist oder vielmehr hätte werden sollen.

Am 16. Juli 1945, als auf dem Testgelände von Los Alamos die erste Atombombe gezündet wurde, da wurde unsere gute alte Erde zum Planeten. Gut, an sich war sie das schon länger gewesen, aber bislang hatte das kaum jemanden interessiert. Tatsächlich war unsere Erde, oder besser das Material, aus dem sie besteht, schon Milliarden Jahre vor dem oben genannten Termin von irgendeiner explodierenden Supernova ausgehustet worden. Nach einer unklaren Zeit des müßigen Herumhängens im leeren Raum war es dann vom Schwerefeld unserer kleinen gelben Sonne eingefangen und auf eine langweilige, leicht angeeierte Kreisbahn gezwungen worden. Von der ewigen Dreherei so dermaßen angeödet, kugelte sich das Material, das seinen Ursprung in einer fremden Sonne hatte, deren Namen wir nicht wissen, zu einer halbwegs runden Sache ein. Einem Planeten. Einem Wanderer. Zum zwar vielleicht nicht ewigen, aber doch sehr langen Wandern um die Sonne verurteilt. Nur, auch als vor etwa vier Milliarden Jahren aufgrund eines kosmischen Zufalls – oder besser eines Zufalls von kosmischen Ausmaßen, oder noch besser aufgrund einer ganzen Reihe

von Zufällen von kosmischem Ausmaß – Leben auf dem dritten Trabanten der kleinen gelben Sonne entstand, war die Tatsache, dass man sich auf einem Planeten befand, für alle dort existierenden Lebensformen noch total egal. Also eigentlich nicht wirklich egal. Es ist ja immer wichtig, wo man sich befindet. Lebt man zum Beispiel auf einem Asteroiden, dann braucht man sich nie um einen Interkontinentalflug zu kümmern, weil es da keine Kontinente gibt. Da kann man alle Wege zu Fuß bewältigen. Aber den Lebewesen auf dem dritten Planeten war es zumindest egal, dass sie sich auf einem Planeten befanden. Dem Schleimzeug, das die ersten Milliarden Jahre vorherrschte, allemal. Aber auch den höher entwickelten Lebewesen, die später dazuevolutioniert wurden. Die waren einfach so sehr damit beschäftigt, sich gegenseitig zu fressen oder zu begatten, dass für solche Überlegungen kein Raum war. Ach ja, und sie konnten sich überhaupt noch nichts überlegen, weil man dazu ein Bewusstsein braucht, und das war auch noch nicht erfunden. Und auch als vor etwa 150 000 Jahren großhirnige Schimpansen sich anschickten, den gesamten Planeten zu bevölkern, war ihnen die Tatsache, dass sie einen Planeten bevölkerten, noch völlig Keule. Sie wollten einfach nur bevölkern. Oder kann auch sein, sie mochten sich nicht besonders und wollten einfach irgendwohin, wo sonst noch keiner war. Bis sie dann halt irgendwann überall waren und sich nicht mehr so ohne Weiteres aus dem Weg gehen konnten. Und weil man sich zusammensetzen soll, wenn man nicht mehr weggehen kann, um seine Probleme zu lösen, wurden sie sesshaft. Kann sein, dass das der Grund dafür

war. Oder auch nicht. Auf jeden Fall war ihnen die Tatsache, dass sie auf einem Planeten sitzen, bis vor Kurzem weder bewusst noch besonders wichtig. Sicher, man hatte sich in den letzten Jahrhunderten schon darüber gestritten, ob die Erde im Zentrum des Alls wäre oder doch mehr in der Provinz. Aber das waren fachspezifische Diskussionen einer geistigen Elite, die eigentlich keine besondere Bedeutung für das Leben der meisten hatten. Nur wenn der ein oder andere wegen unzulässig abweichender Meinung über die Welt verbrannt wurde, versammelten sich diese meisten, um dem Schauspiel beizuwohnen. Immerhin gab es noch kein Fernsehen, und das Leben war fad, und ein Scheiterhaufen verbreitet eben auch soziale Wärme. Allgemein kann man sagen: Immer noch war man, wie die Milliarden Jahre zuvor, hauptsächlich mit Morden und Begatten beschäftigt, und die Frage, worauf man nun genau mordete und begattete, interessierte nur Wissenschaftler-Nerds und Geistliche.

Und so blieb es im Wesentlichen bis zu den späten 30er-Jahren des 20. Jahrhunderts. Doch mit der Erfindung der Kernspaltung wurde die Tatsache, auf einem Planeten zu leben, dann doch nach und nach wichtig für alle. Der ungarische Physiker Leo Szilárd war wohl einer der Ersten, der die Tragweite des Experiments von Otto Hahn, Lise Meitner, Enrico Fermi und anderen richtig einschätzte. Eine Kernspaltung würde zu einer Kettenreaktion führen. Also spaltete man einen Kern, dann würde das Spaltmaterial sich anschicken, weitere Kerne zu spalten. Und da bei jeder Spaltung Energie frei wird, könnte man damit eine Menge Energie freisetzen. Man könnte also, um es

unwissenschaftlich auszudrücken, ein enormes Bumsti erzeugen. Faustregel: je mehr Atome, desto Bumsti. Selbstverständlich war klar, dass dafür der Nobelpreis gereicht werden würde, immerhin war Herr Nobel, der Stifter des Preises, selbst durch die Erfindung eines Bumstis reich und berühmt geworden. Doch das neue atomare Bumsti war viel größer als das chemische von Herrn Nobel. Sozusagen ein Megabumsti. Der Preis kam dann tatsächlich auch prompt im Jahre 1944. Aber das war Herrn Szilárd nicht so wichtig. Denn er war nicht nur Physiker, er war auch ein weitsichtiger, politisch denkender Mann. Also sah er voraus, dass an die Tür desjenigen Physikers, der ein großes Megabumsti erzeugte, oder zumindest die Möglichkeit dazu hätte, alsbald die Herren vom Militär klopfen würden mit der Frage, ob man mit so einer ergiebigen Energiequelle nicht die ein oder andere Stadt vaporisieren könnte. Und da nun aber 1938 in Deutschland die Nazis an der Macht waren, würden sie es sein, die an die Tür der Wissenschaftler klopften, sobald einer von ihnen verstanden hätte, dass eine neue Superbombe machbar ist. Als dann auch noch 1939 der Krieg ausbrach, war Herr Szilárd von der Idee, Hitler und seine muntere Psychopathenbande würden über die mächtigste Waffe der Welt verfügen, gar nicht begeistert. Er ging also deswegen zu dem damals einzigen amtlich beglaubigten Megagenie der westlichen Welt, zu Albert Einstein, und erklärte dem die Situation. Der verstand die Problemlage zügig, wie auch bei einem Genie nicht anders zu erwarten, und schrieb mit Szilárd zusammen einen Brief an Theodore Roosevelt, zu jener Zeit amerikanischer Präsident.

Und nun passiert etwas Skurriles. Einige der bedeutendsten Denker des 20. Jahrhunderts, erfüllt von kategorischem Imperativ, Goethe und tiefem ernsthaftem Friedensgeist, stiften den Präsidenten der Vereinigten Staaten an, die schrecklichste Vernichtungswaffe aller Zeiten zu bauen. Weil sie berechtigte Angst vor Hitler haben. Hätte der die Atombombe, wäre das schrecklich. Hätte Amerika sie auch, dann hätte man ein Gleichgewicht des Schreckens. Das wäre zwar auch schrecklich, aber wenigstens im Gleichgewicht. Beide Seiten wussten, was so ein Gleichgewicht bedeutet – einen Drahtseilakt, bei dem, wenn einer fällt, alle anderen mitfallen. Nun, wir wissen, wie die Geschichte ausgeht. Noch mehr geistvolle, humanistisch geschulte kluge Männer und Frauen kommen zusammen und basteln in Los Alamos die erste Atombombe. Das Ganze heißt »Manhattan-Projekt«, vermutlich um die Feinde zu verwirren, denn Los Alamos liegt in der Wüste und Manhattan in New York. Als die Nazis dann im Sommer 1945 verloren haben, schreiben Einstein und Szilárd tatsächlich in aller Eile noch einen Brief an den Präsidenten. Sie wollen das Projekt jetzt, kurz vor seiner Vollendung, stoppen. Es stellt sich nämlich rasch heraus, dass in Deutschland an keiner Atombombe geschraubt wurde. Die Nazis hielten Quantenphysik für jüdisch, und man wollte arische Bomben. Mazel tov. Ein glücklicher Nebeneffekt einer ansonsten mehr als unglücklichen Ideologie. Wären die Nazis nicht so geistesbeschränkt gewesen, wäre das 20. Jahrhundert wohl noch unerfreulicher geworden.

Aber Szilárd und Einstein wissen, wenn die Atombom-

be erst mal gebaut und einsatzbereit ist, dann wird man sie nie wieder los. Der neue Präsident Amerikas aber ist Harry Truman. Roosevelt war unglücklicherweise verstorben, deswegen der Vize nachgerückt. Er lässt die Wissenschaftler nebst Bedenken abblitzen und befiehlt, die Atombombe zu Testzwecken erst mal auf Hiroshima und eine zweite auf Nagasaki abzuwerfen. Zehntausende verdampfen. Hunderttausende sterben an der Strahlenkrankheit und anderen verheerenden Folgen der Bomben. Bis heute. Also alles in allem ein schöner Erfolg. Denn Harry Truman glaubt nun, nicht nur der mächtigste Mann der USA geworden zu sein, sondern auch gleich noch der mächtigste Mann der Welt. Viel mächtiger als Stalin. Für den hatte man die Bomben über Japan eigentlich abgeworfen, nicht um die japanischen Faschisten in die Knie zu zwingen, die waren schon längst besiegt. Doch Stalin lässt sich kaum erschüttern, aus zwei Gründen. Erstens ist ihm Massenmord als Mittel der Politik vertraut, und da denkt er durchaus in Millionenkategorien. (Angeblich stammt von ihm der ebenso berühmte wie berüchtigte wie auch richtige Satz: »Ein Toter ist tragisch. Eine Million Tote sind eine Statistik.«) Mit Hunderttausenden kann man ihn kaum beeindrucken. Außerdem hat er sich wohl von seinen Beratern sagen lassen, dass es nicht lange dauern würde, bis auch die verdienten Wissenschaftler des Volkes im Arbeiter- und Bauernparadies das Atomrätsel geknackt hätten. Also ist Harry Truman nur kurz der mächtigste Mann der Welt. So etwa drei oder vier Jahre. Die Welt ist aber nun erstmals in ihrer Geschichte tatsächlich gefährdet.

Also gut, nicht die gesamte Erde. Aber erstmals die gesamte Biosphäre. Schon nach wenigen Jahren Rüstungswettlauf hat man genug Bumsti auf beiden Seiten des Eisernen Vorhangs angesammelt, um die Oberfläche des Planeten mehrmals zu sprengen, nachhaltig radioaktiv zu verseuchen und einen nuklearen Winter auszulösen, der wohl 99 Prozent allen Lebens den Garaus machen würde. Das Ganze bekommt dann im Kalten Krieg den klangvollen und grausam klingenden Namen »Overkill«. Somit hatte man also das erste tatsächlich *planetenweite politische Problem* erschaffen.

Die Bewohner der Erde mussten lernen, dass sie auf einem – groteskerweise durch zwei gewaltige Machtblöcke geteilten – Planeten zusammenlebten. Und leben mussten. Erst die globale Bedrohung lässt die Erde als relevant erscheinen.

Um aber nun das Ausmaß dieser historischen Veränderung, die hier stattgefunden hat, in den Blick zu bekommen, hilft uns ein Gedicht von Bert Brecht, das Sie vermutlich im Deutschunterricht durchgenommen haben und das Ihnen deswegen vermutlich verleidet ist. Dabei ist es recht gut.

Gleichwohl, da Sie es ja vermutlich kennen, zitiere ich nur einen Teil davon, man weiß dann ohnehin gleich, worauf der Autor hinauswill, wenn er die »Fragen eines lesenden Arbeiters« stellt:

Der junge Alexander eroberte Indien.
Er allein?
Cäsar schlug die Gallier.

Hatte er nicht wenigstens einen Koch bei sich?
Philipp von Spanien weinte, als seine Flotte untergegangen war.
Weinte sonst niemand?
Friedrich der Zweite siegte im Siebenjährigen Krieg.
Wer siegte außer ihm?

Alles klar. Brecht weist also zu Recht darauf hin, dass die Geschichte eigentlich eine kollektive Angelegenheit ist, die aber oft fälschlicherweise als die Geschichte einzelner, sogenannter großer Männer erzählt wird (die darüber hinaus meist auch noch körperlich eher klein gewesen sind). Während man dazu neigt, die »kleinen Leute« zu vergessen. Die Frage, inwieweit Einzelne den Verlauf der Geschichte beeinflussen oder beeinflusst haben, ist sehr umstritten. Also mit anderen Worten: Rom hätte sich wohl Gallien auch ohne Cäsar einverleibt, vielleicht dann eben zu einem späteren Zeitpunkt. Historische Debakel wie eine gesunkene Flotte wirken sich auf deutlich mehr aus als nur auf die psychische Befindlichkeit eines Königs, desgleichen bedeutet ein Sieg eine Veränderung, die nicht nur den Herrscher, sondern auch das Volk und das politische Gefüge insgesamt modifiziert.

Diese Wahrheit, dass die Geschichte ein Zweig der deutlich später entstandenen Soziologie ist, sozusagen eine Soziologie des Vergangenen, diese Wahrheit hat mit der Erfindung der Atombombe und vor allem nach dem darauffolgenden Wettrüsten deutlich an Gültigkeit verloren. Im Kalten Krieg bestimmten tatsächlich Einzelne das Geschick der Menschheit. Und da wiederum nicht unbedingt einzel-

Ecce Messias! So sieht der wahre Retter der Menschheit aus.

ne Diplomaten, Militärs, Wissenschaftler oder Politiker, an die man zunächst denken könnte, sondern eben einzelne, mitunter subalterne Entscheidungsträger, die mehrmals im Verlauf des Kalten Kriegs einen atomaren Schlagabtausch verhindert hatten. Deswegen sollten wir alle bei der Nennung des Namens Oberstleutnant Stanislaw Petrow in religiöse Verzückung geraten, hatte er uns doch, mehr als sämtliche Heilsbringer aller Religionen der Welt zusammen, wahrhaft errettet.

Aber nix ist mit Verzückung. Bei der Nennung dieses Namens gibt es bei den meisten nur eine Zuckung, nämlich der Schultern. Dabei ist der Oberstleutnant ein wahrer Held. Am frühen Morgen des 26. September 1983 war er der verantwortliche Offizier, als der neue Oko-Satellit meldete, eine amerikanische Minuteman-Interkontinentalrakete befände

sich auf dem Weg in sowjetisches Hoheitsgebiet. An sich stand in seiner Stellenbeschreibung, er hätte, einem vorab ausführlich diskutierten Mechanismus der wechselseitigen Annihilierung folgend, den Dritten Weltkrieg auslösen müssen, indem er seinerseits den Abschussbefehl für Interkontinentalraketen auslöste. Das aber tat er nicht. Trotz der bestimmt nicht unbeträchtlichen Stresssituation, in der er sich befand, konnte seine Vernunft noch mit folgender Frage in das Bewusstsein des Oberstleutnants eindringen: Wenn die Amerikaner einen Erstschlag führen würden, würden sie dann nur eine einzige Rakete abschießen?

Wohl eher nicht, folgerte er richtig.

Also beschloss er, die Meldung des Satelliten sei auf eine Funktionsstörung zurückzuführen. Und so war es auch. Das Oko-Satellitensystem war offenbar gegen Strahlung von der Erde unzureichend geschützt, die Daten deswegen unzuverlässig. Hätte Herr Petrow einfach nur das gemacht, was man ihm beigebracht hatte, wären wir alle tot beziehungsweise die Jüngeren unter uns nicht geboren.

Bei anderen Gelegenheiten löste ein streunender Bär fast den Atomkrieg aus, oder 1979 eine Computersimulation, die dummerweise eine Zeit lang für echt gehalten wurde. Man könnte eine ganze Historie der Beinahe-Apokalypsen schreiben. Die Tatsache, dass wir alle noch im Dasein sind, ist also im Wesentlichen dem Zufall zu verdanken. Und einzelnen Mitmenschen mit funktionsfähigem Verstand wie Oberstleutnant Petrow. Aber andersherum betrachtet kann man freilich auch sagen: Noch nie waren die Entscheidungen von Individuen von solcher Tragweite für

das Gesamtschicksal der Menschheit, noch nie waren Einzelne so mächtig.

Aber es ist dennoch richtig, *dass wir noch da sind.* Optimisten werden sagen, da hatte der Weltgeist wohl immer wieder in entscheidenden Momenten eingegriffen. Oder man kann auch sagen, das Gleichgewicht des Schreckens hat funktioniert. Gut, es war wohl ein paar Mal richtig knapp, aber die atomare Vernichtung ist ausgeblieben. Und nicht nur das, wir hatten in Europa seit 1945 bislang nur einen Krieg. Insgesamt gab es grausame Stellvertreterkriege ohne Unterlass. Aber der große ist ausgeblieben. Ohne Atombombe hätte der Dritte Weltkrieg wohl nicht lange auf sich warten lassen. Aber da beiden Parteien immer bewusst war, dass sie, wenn sie losschießen, einen Mechanismus in Gang setzen, den sie nicht mehr aufhalten können und der vermutlich zur totalen Auslöschung führt, haben sie es tatsächlich gelassen. Freilich kein Grund zur Gelassenheit für uns. Denn das bedeutet selbstverständlich, dass die atomare Gefahr seit dem Zusammenbruch des Ostblocks in den 90ern viel größer geworden ist. Jetzt könnte man doch wieder. Immerhin löst man doch jetzt keinen weltzerstörenden Mechanismus der Vergeltung mehr aus? Aber auch da haben wir bislang noch Glück gehabt.

Und das ist das Letzte und Wichtigste, was wir lernen: Die Geschichte hängt immer vom Zufall ab. Von Glück oder Pech – wie man's nimmt. Vom Glück oder Unglück wissenschaftlicher Erkenntnis, von den glücklich oder unglücklich agierenden Politikern. Von zufälligen Begebenheiten, die

manchmal das Schlimmste verhindern. Manchmal nicht. Mit der Möglichkeit ihrer Vernichtung ist uns Erdenbewohnern jedenfalls unsere Erde bewusst geworden. Das ist es, was Apokalypse bedeutet. Das griechische Wort für »Offenbarung«.

Der nächste große Schritt in Richtung »Offenbarung der einen Welt« wurde 1969 von Neil Armstrong getan. Lustigerweise eben nicht auf der einen Welt, sondern auf ihrem öden Trabanten. Sie erinnern sich, auch wenn Sie nicht dabei waren, denn es erinnert sich jeder, Armstrong sagte alldorten den Satz des 20. Jahrhunderts, der längst in unser kollektives Gedächtnis eingegangen ist: »That's one small step for (a) man, one giant leap for mankind.« Menschenskinder, was für ein Satz! Und das, obwohl er missverständlich war, um nicht zu sagen falsch. Denn gesagt wurde: Die Menschheit hat einen entscheidenden Schritt in Richtung Fortschritt gemacht. Gemeint war aber: Wir haben es geschafft. Wir haben beim Weitpinkeln gewonnen. Wir sind die Ersten. Die Russen haben verloren. Ätsch. Immerhin war auch die Raumfahrt von Beginn an nur eine Nebenbranche der militärischen Ballistik. Der ideologisch flexible, raketenbegeisterte Wernher von Braun träumte zwar von Jugend an davon, in den Weltraum vorzustoßen. Ebenso wie auf der russischen Seite Sergej Koroljow (der sowjetische Raketenmann). Beide phantasierten schon in ihren frühen Jahren von Raumstationen und von Mond- und Marsflug. Aber Geld für ihre Forschungen gab es auf beiden Seiten nur, weil Militärs sich sagten, auf so eine Rakete muss man doch keine kleine Kapsel für Astronauten

schrauben. Da geht doch ein zünftiger Mehrfachsprengkopf dran. Und auch dann, als die beiden ihre Chefs dahingehend bezirzt hatten, sie doch a bissl im All spielen zu lassen, (Herr von Braun war inzwischen entbraunt worden und in Amerika), ging das nur als groß angelegtes ideologisches Peniszeigen. Die Frage, die zur Debatte stand, war: Wer hat den längsten? Und wer kann am weitesten? Und in diesem Sinne kann man den Flug zum Mond nicht als entscheidende Weiterentwicklung der Menschheit bezeichnen. Platte Angeberei dürfte eher schon seit der Steinzeit Usus gewesen sein. Aber in anderer Hinsicht war es eben doch ein »giant leap«; nur eben nicht weg von der Erde, sondern im Gegenteil *zu ihr hin*. Als die Astronauten nämlich von ihren Kurztrips außerhalb der Erdatmosphäre zurückkamen, sagten sie nicht ausschließlich ideologisch Verwertbares. Das auch. Aber eben nicht nur. Sie hatten wohl eine recht ungewöhnliche körperliche Erfahrung gemacht, die nicht ohne Folgen geblieben ist. Sie hatten sich dem kalten, verstrahlten, tödlichen Weltall ausgesetzt. Geschützt von einer künstlichen Atmosphäre in ihren kleinen Hightech-Blechdosen. Und sie hatten aus dieser Gefahrensituation heraus zurückgeblickt auf die Erde. Blau, lebendig, warm und kostbar erschien sie ihnen. Die Erde ist – aus einiger Entfernung betrachtet – recht schön. Sicher, es ist wie bei allem, geht man näher ran, verliert sich das Schöne, und das Profane wird sichtbar. Aber vor allem zeigten die Bilder aus dem All eines: Die Erde ist begrenzt. Von radioaktivem, 270 Grad kaltem luftleerem Raum. Man wollte also das All als Fluchtpunkt und Kolo-

nialgebiet gewinnen und fand wiederum den eigenen Planeten. »Es ist unglaublich. Man zwinkert mit den Augen und schaut hinaus. Man weiß wohl, dass diese dreidimensionale Erde, die da vor uns liegt, enorm groß ist. Aber aus unserer Perspektive ist alles unverständlich. Sie liegt mitten im Nichts ...«, sagte der amerikanische Astronaut Eugene Cernan auf dem Flug zum Mond mit Apollo 10. Das hatten die anderen unten inzwischen auch bemerkt. Natürlich waren diese leisen Töne zunächst kaum zu hören unter all dem »Hurra«-Gebrüll der Siegesvollzugsmeldungen der NASA. Aber sie waren da.

Schon zur Mondlandung 1968 schrieb der Schweizer Denker Friedrich Dürrenmatt, er sei »wieder Ptolemäer« geworden. Denn der Blick aus dem All rückt die Erde wieder ins Zentrum der Welt, zumindest dann, wenn man auf etwas wohnen wollte.

1972 wurde der erste Zustandsbericht der Menschheit veröffentlicht: »Die Grenzen des Wachstums« (Stuttgart 1972). Der Astronaut Gerhard Thiele kennt sie nicht: »Würden wir beschließen, uns auf unseren eigenen Planeten zu beschränken, käme das dem Entschluss gleich, nicht mehr zu wachsen. Doch die Menschheit kann nur überleben, wenn wir uns weiterentwickeln. Sollten wir jemals damit aufhören, werden wir im wahrsten Sinne des Wortes aussterben.«

Da werden jetzt zwei Dinge ungut miteinander verwechselt: Wachstum und Entwicklung. Zunächst könnte man sagen, nachdem das Wachstum eines Menschen abgeschlossen ist, ist er ja noch nicht tot, sondern nur erwachsen.

Seine *Entwicklung* muss im Erwachsenenalter noch nicht zu Ende sein. Sicher, viele entscheiden sich dafür, aber es ist nicht notwendig. Man kann sich entwickeln, bis man die Erde düngt.

Doch mit dem Wachstum ist das so eine Sache. Die Phantasie, ins All hineinzuwachsen, ist letztlich die Idee, nach der Ausbeutung der Erde eine zweite Erde zu finden, um die dann auch auszubeuten. Wir sollen also planetenfressende Schimpansen werden. Warum nicht? Nun, darum nicht, weil es einfach keine erreichbaren erdähnlichen Planeten gibt, in die wir unsere Vampirzähne schlagen könnten. Und bevor man sich wahnwitzigen Hoffnungen hingibt wie zum Beispiel jener, den Mars durch groß angelegtes »Terraforming« umzugestalten, sodass man ihn tatsächlich besiedeln könnte: Theoretisch kann man den Mars umformen. Man könnte versuchen, den gefrorenen Kohlenstoff an den Polkappen zu schmelzen und so einen Treibhauseffekt zu erwirken, der den Mars etwas aufheizt und so lebenswerter macht. Der Vorgang würde aber, falls es überhaupt funktioniert, Jahrhunderte in Anspruch nehmen, und dann wäre der Mars immer noch eine Horrorwüste. Sollte man sich da nicht lieber der Atmosphäre der Erde zuwenden?

Weiter entfernte Planeten in anderen Sonnensystemen zu erreichen ist auch noch reine Science-Fiction. Also vielleicht doch lieber mal darüber nachdenken, warum wir hier auf der Erde so dermaßen auf Wachstum gebürstet sind?

Wachstum und Schulden – die Armageddon-Maschine

Geld ist der Reliquie ähnlich. Man muss dran glauben, sonst hat es keinen Wert.

Wie Sie wissen, war von Francis Fukuyama Anfang der 1990er, als der Ostblock zusammenbrach, »das Ende der Geschichte« verkündet worden. Bis dahin hatte man »Systemo« gespielt. Ein Spiel für die ganze Welt. Das Ziel des Spiels: Zeige, dass dein System das bessere und leistungsfähigere ist. Und das freilich *nicht*, indem du dafür Sorge trägst, dass die jeweiligen Systembewohner ein besseres und erfüllteres Leben führen als die im Konkurrenzsystem, sondern indem du vergleichst, wer sich mehr Interkontinentalraketen mit Mehrfachsprengköpfen und Stellvertreterkriege leisten kann. Der Ausgang ist bekannt.

Das Sowjetreich, aka »Reich des Bösen«, aka »Paradies der Arbeiter und Bauern«, musste passen. Und der strahlende Sieger war: der Kapitalismus westlicher Prägung.

Man hatte, trotz aller ideologischen Verschiedenheiten, auf beiden Seiten des Eisernen Vorhangs die Geschichte als dialektische Angelegenheit verstanden. Aus These und Antithese würde sich am Ende das perfekte Gesellschaftssystem herausmendeln. Die Kommunisten dachten freilich, das wäre im real existierenden Sozialismus *fast* verwirklicht, alldieweil die Kapitalisten dachten, nämliches wäre im real existierenden, sozialdemokratisch gedämpften Kapitalismus des Westens *fast* verwirklicht. Nun schien der Ka-

pitalismus den endgültigen Sieg davongetragen zu haben. Die Abteilung Sozialismus war enttäuscht von der Niederlage, Einzelne zogen sich zum Schmollen zurück, um aus der Position der Gekränkten den Sieg des Kommunismus auf später zu verschieben, wenngleich diese Geste mittlerweile etwas erschlafft wirkte. Die anderen konvertierten.

Sehen wir uns im Folgenden mal an, ob der siegreiche Kapitalismus sein Versprechen einlösen und zum Wachstum des Wohlstands von allen beitragen konnte. Einen Hinweis bekommen wir von Jean Ziegler, dem UN-Sonderberichterstatter für das Recht auf Nahrung. Er schreibt in seinem Buch »Das Imperium der Schande« (München 2005): »1990 hatten die Kaffee produzierenden Länder insgesamt für etwa 11 Milliarden Dollar Kaffeebohnen exportiert. Im selben Jahr hatten die Verbraucher der ganzen Welt für ungefähr 30 Milliarden Dollar Kaffee konsumiert. Im Jahr 2004 waren die Exporteinkommen der Kaffeebauern auf 5,5 Milliarden Doller gesunken. Am anderen Ende der Kette hatten die Verbraucher 70 Milliarden für ihren Konsum ausgegeben ...« O. k., da scheint der Beschiss eher deutlich zugenommen zu haben. Von gehobenem Gesamtwohlstand keine Spur, stattdessen scheinen Einzelne ihre Gier erfolgreich befriedigen zu können. Warum? Nun, ganz einfach, der Kalte Krieg war – wie schon erwähnt – vorbei. So brauchte sich jetzt keiner mehr einen Kopf zu machen von wegen, wenn wir die Kaffeebauern jetzt ganz schlimm ausbeuten, dann rebellieren sie, ziehen sich zum Guerillakrieg in den Dschungel zurück, bekommen Waffen und Geld aus Moskau, und insgesamt hat man einen Riesenär-

ger. Möglicherweise inklusive Dominoeffekt in den Nachbarstaaten. Ganz schlimme Sache. Das konnte jetzt nicht mehr passieren. Sicher, es konnte immer noch Aufstände geben, wenn man die Bauern so plattmachte, dass sie kaum überleben konnten, aber Geld und Waffen aus Moskau gab es keine mehr. Also wäre jeder Aufstand billig und problemlos niederzuschlagen. Folglich konnte die Ausbeutung deutlich rücksichtsloser durchgezogen werden als vorher. Offiziell allerdings sind an der für die Kaffeebauern unerquicklichen Preisentwicklung »die globalen Kräfte des Marktes« schuld. Und mit denen kann man weder verhandeln noch an ihre Menschlichkeit appellieren. »Die globalen Kräfte des Marktes« haben den Charakter eines Naturgesetzes. Bitten Sie mal die Gravitation, Sie nicht abstürzen zu lassen, wenn Sie fallen!

Die Kaffeebauern, zum allergrößten Teil kleine und mittelständische Familienbetriebe, verdienten nur noch die Hälfte und konnten (und können) davon kaum mehr überleben. Was also tun? Hans Joehr, einer der Pharaonen des Nahrungsmittelriesen Nestlé, weiß Rat. Er schlägt vor, von den 25 Millionen Kaffeebauern, die es derzeit auf der Welt gibt, müssten einfach zehn Millionen »bereit sein zu verschwinden« (zitiert bei Ziegler, »Das Imperium der Schande«). Gute Idee. Nur wohin? Nun, zunächst mal raus aus der Kaffeeproduktion. Und dann vermutlich rein in die Slums einer der wachsenden Megacitys der Welt. Seit einigen Jahren wohnen ja mehr Menschen in den Städten als auf dem Land. Was einige Probleme deutlich verschärft, denn die Menschen in den Städten sind noch in weit größerem Aus-

maß von der Zulieferung von Energie und Nahrungsmitteln abhängig als Bauern. Also wäre es wohl am besten, wenn die zehn Millionen Kaffee produzierenden Familien, die Herr Nestlé nicht brauchen kann, einfach zusammen mit dem anderen Menschenmüll im Nirwana verschwinden würden.

Gut, sich über die Schlechtigkeit unserer nicht gewählten Herrscher zu echauffieren bringt uns jetzt auch nicht weiter. Sehen wir uns lieber einmal an, was die wesentlichen Grundargumente der alles beherrschenden Theorie des freien Marktes sind.

Eines der Hauptargumente stammt von dem Biologieprofessor Garrett Hardin, der an der University of California lehrte, und wurde schon im Jahr 1968 formuliert. In dem Artikel »The Tragedy of the Commons« erdenkt sich Herr Hardin das Hirtenspiel, und das geht so:

Zehn Schafhirten teilen sich ein Stück Land. Die Schafe sind privater Besitz. Das Land aber gehört dem Kollektiv. Die Hirten sind also Semisozialisten.

Sagen wir jetzt der Einfachheit halber, jeder der Hirten hätte zehn Schafe. Wenn jetzt aber einer der Hirten ein Schaf dazubekommt, dann hat er elf, damit ist er reicher als seine Kollegen (+ 1), aber sein Verlust am kollektiven Besitz beträgt nur ein Hundertstel (–0,01), weil das Land vorher von 100 Schafen abgeweidet wurde (zehn Hirten à zehn Schafe), nun aber eben von einem Schaf mehr. Sein individueller Vorteil ist also deutlich höher als sein Verlust, den vor allem die Gemeinschaft zu tragen hat.

Das aber kann laut Herrn Hardin nur eine Folge haben: »(D)er rationale Hirte kommt zu der Überzeugung, dass der

einzig *vernünftige* Weg für ihn darin besteht, seiner Herde ein weiteres Tier hinzuzufügen. Und noch eins, und noch eins … Das ist aber ein Schluss, den *jeder vernünftige Hirte* ziehen muss, der seine Tiere auf einem Gemeindeland weiden lässt. Darin liegt die Tragödie. Jeder einzelne ist in einem System gefangen, dass ihn *zwingt*, seine Herde grenzenlos zu vermehren – in einer Welt, die begrenzt ist.« (Zitiert nach Petra Dobner, »Wasserpolitik«, Frankfurt a.M. 2005; Hervorhebungen: Christoph Süß.)

Genau, und deswegen ist es auch besser, ein einzelner Großgrundbaron besitzt die ganze Weide, alle Schafe und auch alle Hirten samt ihrer Familien, weil dadurch dem Allgemeinwohl besser gedient ist? Sicher, auch ein Einzelner, der alles besitzt, könnte die Rechnung aufmachen, wenn ich zu meinen zehn Hirten und 100 Schafen noch eines dazunehme, dann habe ich 101 Schafe und so weiter. Und können die nicht auch von fünf Hirten gehütet werden? Oder von dreien? Mit ein paar Hunden. Das wäre doch billiger.

Aber diese Lösung scheint für Herrn Hardin dennoch besser als der Allgemeinbesitz, obgleich er sich über die moralische Schieflage durchaus im Klaren ist: »Wir müssen zwar zugeben, dass unser Rechtssystem von Eigentum und Erbschaft ungerecht ist – aber es ist besser, wenn wir uns damit zufrieden geben, da wir im Moment nicht davon überzeugt sind, dass irgendjemand ein besseres System erfunden hat. Die Alternative ist zu schrecklich, als dass man daran denken wollte. Ungerechtigkeit ist dem Untergang vorzuziehen« (zitiert nach Petra Dobner, »Wasserpolitik«). Sozialistische Bestrebungen müssen also, glaubt man

Herrn Hardin, direkt in den Untergang führen, weil zehn Egoschweine schlimmer sind als ein Egoschwein.

Und die Möglichkeit, dass die Hirten sich abends zusammensetzen und über die Sache mit dem Plusschaf reden, gibt es überhaupt nicht. Würden sie das tun, was aber freilich völlig unvernünftig wäre, könnten sie zum Beispiel dem gierigen Hirten sein Extraschaf ausreden, es schlachten und dufte feiern. Mit Hammelbraten. Oder der »gierige« Hirte könnte wiederum die Mehrheit überzeugen, dass er das zusätzliche Schaf unbedingt braucht. Vielleicht hat seine Frau gerade Zwillinge zur Welt gebracht. Jetzt reichen seine Schafe nicht mehr, um die Familie durchzubringen. Nun könnte wiederum einer der anderen Hirten, der weniger Kinder hat, für eine Weile auf ein Schaf verzichten (wieder gäbe es Hammelbraten für alle!) und sich mit neun Schafen zufriedengeben, weil er mit dem in demografische Not geratenen Kollegen solidarisch ist. Dann würde die Gesamtrechnung der Gemeinschaft wieder aufgehen.

Doch das alles sind keine rationalen Optionen, weil sie ja nicht voraussetzen, dass Menschen geile, gierige Egoisten sind. Und wer das nicht annimmt, der ist ein Träumer und kein rationaler, kühler Daseinsversteher.

Dem Gedanken von Herrn Hardin liegt das Menschenbild des Homo oeconomicus zugrunde. Nämlicher ist ein rationaler Egoist. Ausgeklügelte Experimente der Verhaltensforscher haben allerdings inzwischen zweierlei einigermaßen zweifelsfrei festgestellt. Erstens: Menschen sind kaum rational. Der Verstand ist die Ethikkommission des Gehirns, die nachträglich die Entscheidungen, die die Ab-

teilung Gefühle und Impulse getroffen hat, begründet. Dieses Ergebnis kann kaum überraschen.

Zweitens ist inzwischen recht gut belegt, dass wir auch von Natur aus *keine* Egoisten sind. Sie haben recht, »von Natur aus« ist immer eine heikle Wendung, weil ein so plastisches Wesen wie der Mensch sich eben genau dadurch auszeichnet, dass er kaum über feste Konstanten verfügt, die man als seine »Natur« bezeichnen könnte. Aber dennoch ist klar, dass Menschen immer in Gruppen auftreten und deswegen auch nur in Gruppen zu denken sind. Dieser Bezug auf das Soziale ist dem Überleben des Menschen in seiner Evolution ebenso beigemengt wie sein Verwiesensein auf die Technik als Erweiterung seines Wesensraumes. Und da wir also eben nun mal Gruppentiere sind (wenn Sie wollen, auch Herdentiere), scheint klar, dass ein gewisses Maß an Kooperationsbereitschaft deutlich wahrscheinlicher einer »Natur des Menschen« zuzurechnen ist als dessen Gegenteil. Sonst hätten wir es bis hierhin schlicht nicht geschafft.

Dennoch – die überraschend schlichte Legitimierung von extremer Ungerechtigkeit, die sich in den Gedanken von Herrn Hardin antreffen lässt, und auch das offensichtlich falsche Menschenbild, das ihnen zugrunde liegt, stellen keinerlei Hinderungsgrund dafür dar, dass dieses Denken die Hauptideologie unserer Tage darstellt.

Vom Ökonomen Kenneth Boulding stammt der Satz: »Jeder, der glaubt, exponentielles Wachstum könne endlos weitergehen, ist entweder ein Verrückter oder ein Ökonom.« Oder – könnte man noch hinzufügen – er weiß nicht, dass wir einen Planeten bewohnen, und wäre somit ein Vollpfos-

ten. Nun will aber niemand ein Verrückter oder ein Vollpfosten sein. Nicht mal Ökonomen. Warum also wird allenthalben, besonders jetzt in der Schuldenkrise, nach wachsendem Wachstum gerufen? Warum muss unsere Wirtschaft immer wachsen und warum darf sie sich nicht in den Zustand eines dynamischen Gleichgewichts begeben? Ist das ein Naturgesetz? Fast scheint es so. Allein, es gibt durchaus praktische und einfach nachzuvollziehende Gründe für unsere Wachstumsbesessenheit. Und einer der wichtigsten scheint mir die Tatsache zu sein, dass unser Geld Zinsen bringt. Bringen muss. Es muss sich vermehren. Allerdings müssen diese Zinsen auch erwirtschaftet werden. Man meint immer, weltweit würde am meisten Geld für Energie, Waffen und Drogen ausgegeben. Aber das stimmt freilich nicht. Das meiste Geld muss für Schulden bezahlt werden. Schulden sind überall, deswegen sieht man sie kaum noch. Geld entsteht überhaupt erst durch Schulden.

Karl Marx dozierte noch, Geld sei virtuelle Arbeitszeit, die man den Werktätigen vom Leben wegsubtrahiert hätte, um sie anschließend um den erwirtschafteten Mehrwert zu bescheißen, oder so ähnlich. Bestimmt richtig. Aber wir machen es uns jetzt ein wenig einfacher.

Geld entsteht zum Beispiel, wenn jemand sagt, ich hätte gern Geld für irgendwas. Und dieser jemand geht zur Bank, und dort sagt man ihm: O.k., hier ist das Geld für irgendwas. Wir geben es dir, weil wir überzeugt sind, irgendwas wird dir so viel Ertrag bringen, dass du das Geld an uns zurückzahlen kannst. Aber wir wollen auch etwas verdienen, deswegen musst du uns Zinsen bezahlen. Das bedeutet, du

musst mit irgendwas mehr Geld erwirtschaften, als du eigentlich brauchst, um irgendwas weiter zu betreiben und von den Erträgen zu leben.

Es muss mehr einbringen. Also wächst die Wirtschaft, und irgendwas bringt tatsächlich mehr Geld ein, oder der Mann geht pleite und die Bank bekommt irgendwas, womit sie aber nichts anfangen kann, weil sie nun mal eine Bank ist, und da macht man nicht irgendwas, sondern Geld.

Deswegen ist die Bank an sich gar nicht scharf drauf, dass der Mann mit irgendwas pleitegeht. Sie rät dem Mann sogar eher, bei den Konsumenten, denen er irgendwas verkauft, ein wenig draufzuschlagen. Das wenige sind die Zinsen.

So entsteht Geld also dadurch, dass jemand Schulden macht. Und um die Zinsen für die Schulden zu bezahlen, wird irgendwas teurer, als es eigentlich sein müsste. Die Zinsen sind also der Grund, warum eine Wirtschaft immer wachsen muss, weil die ja tatsächlich erwirtschaftet werden müssen.

In der islamischen Religion, ebenso wie früher im Christentum, wurde der Zinshandel übrigens als gottlos betrachtet und war deswegen verboten. Von Papst Alexander II., der um das Jahr 1000 herum segnete, ist der Satz überliefert: »Jede Gesetzgebung, die den Zins erlaubt, ist null und nichtig.« Da war man aber rigide. Warum? Eine Theorie besagt, weil Zinserträge auch des Nachts erwirtschaftet werden. Geld schläft nicht! Doch die Nacht war für die Menschen des Mittelalters die Zeit des Bösen und des Satans. Wer also des Nachts arbeitete, wurde beargwöhnt, mit dem Bösen im Bunde zu sein. Und auch die »Arbeit« der Zinsen,

die sich ja zumindest zur Hälfte in der Dunkelheit abspielt, wurde deswegen mit dem Teufel in Verbindung gebracht.

Doch selbst wenn das jetzt gar nicht oder nur zum Teil richtig sein sollte, dann gab es vielleicht andere gute Gründe, dem Zinshandel gegenüber misstrauisch zu sein. Denn was bedeuten Zinsen? Dass man Geld zur Ware gemacht hat. Was aber ziemlich merkwürdig ist.

Gehen wir zu den Anfängen des Geldhandels zurück. Da war das Geld erfunden worden, um Dinge zu vergleichen, die man eigentlich nicht vergleichen kann. Das Geld sollte den Dingen (Waren) ihren Preis geben, um sie so handelbar zu machen. Die Zinsen aber sind der Preis des Geldes. Das, was den Preis geben sollte, hat nun also selbst einen erhalten.

Damit bewegen wir uns auf einer höheren Ebene der Virtualität. Was zunächst mal kein Problem ist, weil die Zinsen der Motor für Wachstum sind und so Innovation und Fortschritt vorantreiben. Aber der Zinseszins ist dann eben doch ein Problem. Die Schuldenlast wächst exponentiell. Ein berühmtes Beispiel: Hätte Josef als treusorgender Vater für Jesus im Jahre null einen Cent auf ein Konto gelegt, dann hätte Jesus bei seiner Wiederkunft im Jahr 2006 bei linearer Zinsrate von 5 Prozent in etwa 1 Euro abheben können. (Deswegen ist er wohl auch nicht erschienen.) Mit Zinseszins aber wäre die Summe von 56.425.154.716.285.559.208.668.512,50 Euro fällig geworden. Klar, so wäre er der wahre Herr der Welt. Diese Summe hat wohl nicht mal mehr einen Namen.

Der Mechanismus des Zinseszins erzeugt die heutige ungerechte Verteilung von Arm und Reich und – noch

schlimmer – macht das Wirtschaftswachstum notwendig! Es muss sein, weil sonst die Schulden nicht mehr bedient werden können. So etwas kann nur notwendig in den Irrsinn hineinführen.

Hören wir als Nächstes in ein Interview hinein, das die Börsenjournalistin Ellen Frauenknecht 2010 im Mittagsmagazin von ARD und ZDF mit Thomas Heidorn, Professor für Bankbetriebslehre an der Frankfurt School of Finance & Management, führte.

EF: Herr Heidorn, warum kommt es gerade beim Handel mit Rohstoffen immer wieder zu diesen heftigen Preisausschlägen nach oben wie nach unten?

TH: In letzter Zeit haben viele Investoren beschlossen, dass sie auch alternative Investments aufnehmen wollen. Und da gehören Rohstoffe – insbesondere eben auch Agrarprodukte – zu den Kernprodukten, die dort angeschaut werden. Und wenn Leute sehen, wie in Russland ein Teil der Ernte vernichtet wird, dann wissen sie, zukünftige Preise werden vermutlich steigen, und kaufen dann Terminkurse – also Preise der Zukunft –, das führt dann zu relativ starken Ausschlägen, weil Finanzmärkte sehr viel schneller reagieren als klassische Märkte für diese Produkte. [*Die Anleger spekulieren also auf die Zukunft und erzeugen sie auch gleichzeitig, indem sie mit ihrer Spekulation überhaupt erst für die hohen Preise sorgen. Und das zusätzlich zu der »natürlichen« Verknappung durch schlechte Ernten. Man spekuliert in diesem Fall also mit dem Hunger. Ist das nicht gemein? Fragt sich auch Frau Frauenknecht* ...]

EF: Da fragt man sich natürlich als Otto Normalverbraucher, was hat das überhaupt mit Angebot und Nachfrage des tatsächlichen Gutes zu tun?

TH: Der Zusammenhang ist relativ eng. Also der große Vorteil ist, dass man viel früher merkt, dass es zu Engpässen des Produkts kommen kann. [*Könnten das diejenigen, die gerade Hunger leiden, nicht auch schon gemerkt haben, ohne den Wirtschaftsteil der* FAZ *gelesen zu haben?*] Mit anderen Worten – die Güter werden zwar teuer, aber es wird auch mehr produziert. Sodass es eben zu weniger physischen Engpässen kommt, als wenn man diese Märkte nicht hätte. [*Dumm nur, dass die armen Armen sich dann die Produkte leider nicht mehr leisten können, von denen sie, wenn sie regelmäßig Börsennachrichten gucken, jetzt wissen, dass sie rar geworden sind. Und auch dumm, dass das ja* LEBENSMITTEL *sind. Und die braucht der Mensch zum Leben.*]

EF: Aber die Spekulation ist ja doch manchmal so preistreibend, dass es im Extremfall zu sozialer Unruhe, auch zu Hungersnöten führen kann – ist da wirklich ein höherer Nutzen dahinter? [*Gute Frage, Ellen. Gib's ihm!*]

TH: Das ist immer sehr schwer abzuwägen. Weil die Medaille zwei Seiten hat – einerseits steigende Preise, das heißt, dass eben arme Länder sich die Produkte nicht mehr leisten können oder so viel dafür bezahlen müssen, dass sie hungern müssen, auf der anderen Seite, wenn es das Gut gar nicht mehr gibt, sind die Katastrophen noch viel schlimmer [*aha, hier ist sie also, die höhere »göttliche« Weisheit des Marktes. Seine Grausamkeit – der Markt erzeugt durch Spekulation Hunger und damit Böses –*

wird aufgehoben durch den Blick aus der Vogelperspektive – »Schlimmeres wird verhindert«. Oder: Der Markt an sich ist gut, aber seine Wege sind unergründlich. Außer vielleicht für seine Hohepriester, die immerhin kompetente Vermutungen äußern können], sodass es also immer sehr schwer abzuschätzen ist – ich würde vermuten, gerade in Märkten wie Weizen, wenn man Alternativen anguckt, ist es noch nicht so extrem.

[*Genau – und so schlimm ist es nun auch wieder nicht.*]

EF: Jetzt wird aber sogar auf Wasser spekuliert – da fragt man sich, wo kommt man hin, wenn sogar Grundwasser zum Investitionsgut wird? Ist das nicht brandgefährlich? [*Mehr kritisches Nachfragen kann man in diesem Drei-Minuten-Fenster für Börsennachrichten von der Kollegin Frauenknecht wirklich nicht verlangen! Ich bin stolz. Aber vielleicht wäre es doch noch schöner gewesen, wenn sie gegen den irren Professor handgreiflich geworden wäre?*]

TH: In einer Welt, in der wir mit Naturkatastrophen und immer enger werdenden Ressourcen leben müssen, ist ein steigender Preis allerdings auch immer der große Vorteil, weil sich dann Investitionen in Wasser lohnen, das heißt wir werden in Zukunft auch mehr Wasser zur Verfügung haben [*Ein Wunder! Durch höhere Preise wird man in Zukunft* MEHR *Wasser zur Verfügung haben. Die wunderbare Wasservermehrung durch die magische Kraft der Märkte. Ich denke, jetzt wäre dann bald eine Heiligsprechung fällig. Oder sollte der Professor sich an dieser Stelle nicht doch lieber in die Hände von freundlichen Ärzten begeben, die seine Störung mit Medikamenten behandeln?*], aber [*bedau-*

ernd legt der Professor hier seine Denkerstirn in Falten] der Preis ist eben höher – das ist etwas, was wir werden abwägen müssen. Aber je schneller wir merken, dass Wasser knapp wird, umso besser ist es eigentlich. [*Jetzt lächelt er freundlich. Alles wird gut. Was ist mit dem Mann los? Glaubt er den Unsinn, den er da erzählt, wirklich selber? Oder will er einfach nicht zugeben, dass alles, was er tagein, tagaus seinen Studenten erzählt, zynischer Schwachsinn ist? Wir wissen es nicht. Wir wissen nur, was dann Frauenknecht gesagt hat.*]

EF: Kann man also summa summarum sagen, dass der Nutzen überwiegt in dieser Spekulationsmöglichkeit auf Grundnahrungsmittel und Rohstoffe?

TH: Also ich würde sagen, der Nutzen überwiegt, weil das Aufmerksammachen auf Engpässe ist gegeben und Spekulanten werden das Gut ja niemals physisch verbrauchen, das heißt, irgendwann kommt es immer auf die Märkte und macht nur dann Sinn, wenn es nachgefragt wird – sodass ich das eher als einen ruhigen Effekt sehen würde. [*Wir lernen: Die höhere Gerechtigkeit der Märkte wird nicht infrage gestellt. Gott ist gut, nur der Mensch ist vielleicht böse. Und wo gehobelt wird, da fallen Späne.*]

EF: Thomas Heidorn von der Frankfurt Business School. Vielen Dank für Ihren Besuch. [*Weiter moderierend*] ... ein Thema, über das sich trefflich streiten lässt ...

So, nun könnte man also zusammenfassen:

Der Markt ist Gott. Gott aber ist gut. Passiert doch mal etwas Böses, so ist nicht Gott (der Markt) schuld, dessen

höhere Gerechtigkeit vielleicht nur für den einzelnen Menschen nicht immer sichtbar ist; schuldig ist der Mensch, solange er ein Schuldner ist. Sein Wille zum Erfolg war zu schwach. Er hat nicht genug an sich und an das segensreiche Wirken des Marktes geglaubt. Ihm durch soziale Projekte zu helfen wäre kontraproduktiv, weil man ihm dadurch die Motivation nimmt, aus eigener Kraft zum Gläubiger zu werden. Frei wird der Mensch, wenn er vom Schuldner zum Gläubiger wird.

Das erscheint Ihnen übertrieben? Ach, ich weiß nicht. Was waren denn die Rechtfertigungen für »das Versagen der Märkte« in der Finanzkrise? Da war vor allem von der »Gier« einzelner Akteure die Rede. Nicht, dass da überhaupt nichts dran wäre, aber dennoch waren die Märkte generell wieder freigesprochen, als Schuldige aber wurden Einzelne identifiziert, die sich einer moralischen Verfehlung schuldig gemacht hätten. Sie wären *zu* gierig gewesen. Dabei propagiert das System doch ansonsten immer, dass Gier an sich völlig in Ordnung sei. Gier ist eben menschlich, und dem Markt ist nichts Menschliches fremd. Das war doch immer eines der Hauptargumente für den Kapitalismus gewesen; er würde den *natürlichen* Egoismus des Menschen einerseits befördern, aber auch zähmen – weil der individuelle Erfolg des einzelnen gierigen Egoisten, der einfach seiner Raubtiernatur folgt, im freien Spiel der Kräfte am Ende zum Guten würde, also zum Erfolg für die gesamte Gemeinschaft, deren Wohlstand mit dem Wohlstand jedes einzelnen Akteurs zunimmt. Jetzt aber kann man doch zu gierig sein. Das aber ist kein systemimma-

nentes Problem, sondern eines von individuellen Verfehlungen. Das Gesamtsystem wird nicht in Zweifel gezogen. Also wiederum: Gott (der Markt) ist gut, aber der Mensch ist schlecht.

Das Wirken des Staates als verantwortlicher Akteur für die Allgemeinheit wird abgelehnt. Der Staat entmündigt die Marktteilnehmer, verhätschelt sie und nimmt ihnen so die Möglichkeit, durch den Glauben an den eigenen Erfolg zum Gläubiger zu werden. Der Staat macht den Menschen also unfrei. Frei macht nur der Markt. Die Aufgabe der gewählten Vertreter des Staates ist allein, Hindernisse, die den Markt in seiner Freiheit beschränken, aus dem Weg zu räumen; also im Endeffekt sich selbst. Der Staat soll sich privatisieren und damit letztlich verschwinden.

Auch die sozialen Aufgaben des Staates übernimmt besser der Markt. Denn sicher ist es klar, dass es immer auch die hoffnungslosen Marktversager geben wird, die einen mit ihrer Armut belästigen. Obwohl es nun freilich an sich keine moralische Verpflichtung gibt, denen zu helfen, immerhin haben sie ja ihre Lage durch mangelnden Glauben selbst verschuldet, ist es im Rahmen einer humanistischen Haltung wünschenswert, ihnen dennoch (ein wenig) zu helfen. Auf diese Hilfe aber haben sie definitiv keinen Anspruch! Deswegen ist es ausreichend, das im Rahmen von privaten Charity-Initiativen zu tun, die gleichzeitig noch den Sinn haben, schwerreichen Society-Ladies eine Beschäftigungstherapie zu verschaffen, damit sie ihre Männer nicht beim Geldverdienen mit ihren Neurosen behelligen.

Auch dieses private Ablasssystem, das (angeblich) die Asymmetrie zwischen den Marktversagern und den Gläubigern mildern soll, ist dem religiösen Verständnis »der guten Tat« nachgebildet. Gott (der Markt) begünstigt in seiner Gnade die Gläubigen. Die aber schwach im Glauben sind, werden verflucht. Sie sind nur dazu da, das gute Karma der Gläubigen zu mehren, als Objekte für deren Mildtätigkeit. Die Tatsache, dass sich die Kluft zwischen Arm und Reich immer mehr vergrößert, ist aber kein Hinweis auf ein Versagen der Märkte schlechthin, ebenso wenig wie das Böse ein Versagen Gottes ist. Und man könnte in einer Abwandlung eines berühmten Nietzsche-Satzes sagen: Ich fürchte, wir werden Gott nicht los, weil wir noch an die Finanzmärkte glauben ... Also dann – Hirn ab zum Gebet:

Unser Markt, der du bist im Wachstum
Geheiligt werde die Rendite.
Dein Reichtum komme.
Wie in Luxemburg, so auch auf den Cayman Islands.
Meine Bonuszahlung geschehe,
im Aufschwung also auch in der Krise.
Unser tägliches Plus gib uns heute
und führe uns in Versuchung für Erlöse an den Börsen.
Und nie wollen wir vergeben die Schuld der Schuldner.
Denn dein ist der Reichtum und die Kaufkraft und die
Begehrlichkeit. In Ewigkeit.
Euro.

Keine Rettung, nirgends

»Wo aber Gefahr ist, wächst das Rettende auch«, heißt es bei Hölderlin, und wer bin ich, da zu widersprechen, immerhin war der Mann komplett geistesgestört. Wenn allerdings das, was die Gefahr auslöst, auch gleichzeitig hinzugezogen werden muss, um für die Rettung zu sorgen, dann habe ich schon meine Zweifel. Dann wächst nämlich nur die Gefahr, das Rettende aber bleibt aus.

Ich verrate Ihnen jetzt schon mal gleich am Anfang die Pointe der folgenden Überlegungen: Es wird zu keiner vernünftigen weltweiten Klimapolitik, Wasserpolitik, Ressourcchenschonung oder Finanzregulierung kommen, weil sich das *nicht rechnet*. Der Imperativ der wirtschaftlichen Vernunft befiehlt ja, wie wir gerade gesehen haben: Jeder für sich allein! Wer etwas für die anderen tut, hat sich selbst übervorteilt.

So weit, so schlecht. Aber sehen wir uns jetzt zunächst mal einen kleinen unvollständigen Katalog der wachsenden Gefahren an und versuchen, einen groben Zusammenhang der Vorgänge klarzukriegen.

Zunächst einmal haben wir ja festgestellt, dass die Wirtschaft wächst, wachsen muss, damit die ständig wachsende Schuldenlast bedient werden kann. Das ist aber bislang kaum zum Problem gemacht worden, immerhin ist es doch nett, wenn was wächst. Wachstum bedeutet Arbeitsplätze, Bautätigkeit, Wohlstand, Kultur, Sicherheit. Und angeblich sogar in letzter Konsequenz Demokratie, obgleich wir im Moment von China lernen können, dass man auch enormes Wirt-

schaftswachstum generieren kann, ohne dabei von humanistischen Idealen durchgebeutelt zu werden. Aber das soll uns für den Augenblick gar nicht interessieren, ebenso wenig wie die Frage, ob mehr Wachstum wirklich immer noch mehr Arbeitsplätze generiert, oder ob die dann nicht mehr und mehr durch Roboter ohne Gewerkschaftsprogrammierung ersetzt werden und so weiter. Betrachten wir einfach nur mal die Tatsache, dass Wachstum *mehr* bedeutet.

Mehr Wachstum bedeutet mehr Energieverbrauch. (Während diese Zeilen geschrieben werden, wird in den Medien gerade berichtet, dass China Amerika als energiehungrigste Nation abgelöst hat. Ob das eine Freudennachricht ist oder ob wir jetzt in Trauer ausbrechen sollen, und wenn ja, warum genau, bleibt in den Kommentaren ungeklärt.) Das wiederum bedeutet mehr Emission von klimaschädlichen Gasen. Mehr Müll. Das setzt eine ganze Reihe von Prozessen in Gang, die unser Leben in naher Zukunft sehr verändern werden und es auch jetzt schon tun. Da diese Prozesse auch noch alle miteinander verwoben sind, nehmen wir einmal eine Kausalkette heraus, die wir stark vereinfachen, um überhaupt etwas sehen zu können:

Laut einer Studie der Vereinten Nationen will man festgestellt haben, dass in jedem Kubikkilometer Wasser der Weltmeere 18 000 Plastikteilchen vor sich hin treiben. Sicher, immer schon hatte man seinen Abfall in die große Toilette Weltmeer gekippt. Doch Plastik entzieht sich trotzig dem chemischen Umwandlungsprozess, der bei anderen »organischen« Stoffen dafür sorgt, dass diese sich alsbald wieder in den großen Kreislauf des Werdens einsortieren.

Dieses Schiff befand sich dereinst im Aralsee. Jetzt befindet es sich dauerhaft an Land – dort, wo einst der Aralsee war. Aber wir haben eine gute Arbeitslosenstatistik. Man muss das Positive sehen.

Plastik aber braucht mehrere Jahrhunderte, um wieder in seine Bestandteile zu zufallen. Besonders viel Plastikmüll findet man in den großen Ozeanen in sogenannten Plastikstrudeln, in denen der Müll aufgrund von Strömung stark konzentriert wird. Der Müllteppich, der sich im Nordpazifik zwischen Hawaii und den USA befindet, hat mittlerweile etwa die Größe von Mitteleuropa erreicht. Und freilich wächst das Gebiet jeden Tag. Der Plastikmüll wird dort durch die Wasserbewegungen zu feinem Granulat zermalen, das die Fische für Plankton halten, es fressen und dann beim Fressen verhungern. Das ist schlecht, denn immerhin ernähren sich Hunderte von Millionen Menschen von Fisch. Bräche hier tatsächlich durch Müllfütterung, Vergiftung und Überfischung der Nachschub zusammen, dann

müssten diese Millionen sich nach neuen Nahrungsquellen umsehen. Das wiederum würde die derzeitige Völkerwanderung, die jetzt schon die größte aller Zeiten ist, noch verstärken und zur allergrößten aller Zeiten machen. Freilich freuen wir uns oft über Rekorde, aber eben nicht immer.

Weil ja die Menschen nicht nur aus ihren Ländern auswandern, sondern lästigerweise in der Folge in andere Länder einwandern. In den Einwanderungsländern lebt man also in ständiger Furcht vor Überfremdung. Und das, obgleich man die »Fremden« auch als billige Arbeitskräfte unbedingt braucht.

Der holländische Rechtspopulist Geert Wilders sprach im Zuge seiner Beliebtheitsmehrung einmal von einem »Tsunami der Überfremdung«, der über sein von schlimmer Überflutungsangst gebeuteltes Heimatland hereinbräche. Holland befindet sich ja unterhalb des Meeresspiegels. Wobei eben anzumerken ist, dass ein Tsunami den meisten Schaden anrichtet, wenn sich das Wasser zurückzieht! Aber als er sich dieses Sprachbilds bediente, hatte Herr Wilders bestimmt nicht eigentlich sagen wollen, dass in überalterten Gesellschaften die Immigration eine notwendige Bedingung des Überlebens darstelle und dass die Wirtschaft billige Arbeitssklaven aus dem Ausland notwendig brauche, um konkurrenzfähig zu sein. Obwohl er wiederum bestimmt über diese Tatsachen unterrichtet ist. Dennoch liegt er mit seinen politischen Forderungen im allgemeinen Trend. Europa soll sich abschotten. Und nicht nur Europa. Wir sind eine Welt der offenen Grenzen, aber nur für die, die es sich leisten können. Gegen die Armen schirmen wir uns mit

Zäunen ab. Zäune zwischen den USA und Mexiko. Indien und Bangladesch. Der Türkei und Griechenland. Und so weiter. Diesen Zaunlösungen des Migrationsproblems ist ein allgemeines Missverständnis gemeinsam, das nur ungern aufgeklärt wird.

Auch Jean Ziegler schreibt in seinem Buch »Die neuen Herrscher der Welt« (München 2004): »Ein 3200 Kilometer langer Grenzstreifen, bestückt mit Wachttürmen, Stacheldrahtzäunen und *unüberwindlichen* (Hervorhebung: Christoph Süß) Hindernissen, trennt die USA von Mexiko. Nach amtlichen Angaben der amerikanischen Boarder Guards sind im Jahre 2001 an dieser Grenze 491 Menschen zu Tode gekommen.«

Jetzt fragen Sie sich vielleicht, was genau da das Missverständnis sein soll? Nun, das liegt im Wort »unüberwindlich«. Denn genau das sind all diese Zäune *nicht*. Da sterben zwar Menschen, aber noch viel mehr kommen jedes Jahr durch. Denken Sie hier auch an die Grenze, die Europa umfriedet, die ist weitestgehend zaunlos und wird von Frontex gesichert, funktioniert aber genauso. Auch hier sterben Menschen, wenn die Küstenwache gerade mal Pause hat und deswegen das ein oder andere Flüchtlingsboot im Mittelmeer oder im Atlantik nicht retten kann, mag, soll. Die Argumentation läuft meist dahingehend, dass man eben so lange Grenzen – wie zum Beispiel die zwischen den USA und Mexiko, aber für die anderen gilt das Gleiche – nicht sichern könne. Zu lang. Und das schluckt man auch einfach so. Dabei zeigt einem ein kurzer Blick in die Geschichtsbücher, dass bis zum Jahr 1989 eine Grenze mitten durch

Europa ging, da kam *keiner* durch. Das geht also schon, aber es ist nicht gewollt. Denn man will auf die billigen Arbeitskräfte, die durch den Zaun schlüpfen, nicht verzichten. Die Tatsache jedoch, dass sie der Grenzübertritt zu Illegalen macht, hat einen entscheidenden Vorteil. Jetzt kann man sie, erstens, jederzeit zurückschicken, wenn sie einem auf den Geist gehen, und man kann sie, zweitens, wie Sklaven behandeln. Wer bereit ist, sein Leben aufs Spiel zu setzen, um ins Land zu kommen, der muss auch, wenn er im Land ist, bereit sein, alles zu tun, was der Chef sagt. Zu jedem Preis. Wer aufmüpfig ist, wird gemeldet, zurückgeschickt und muss dann wieder sein Leben riskieren, um ins Land zu kommen. Ein schönes Druckmittel. Und da hilft auch keine Gewerkschaft.

Man könnte also vereinfacht darstellen:

Mehr Müll im Meer, daraus folgt:

- mehr Nahrungsmangel, Arbeitsplätze von Fischern fallen weg, daraus folgt
- immer schwierigere Lebensumstände verstärken die Antagonismen, die ohnehin schon vorhanden sind (ethnische, religiöse und soziale Konflikte), daraus folgt
- mehr Migration, daraus folgt
- mehr Arbeitssklaven für die »entwickelte« Welt, daraus folgt
- moralische Verrohung derselben.

Aber bei einer nur moralischen Beutelung der reichen Länder wird es nicht bleiben. Eine Studie des Washingtoner

Center for Strategic and International Studies (CSIS), »The Age of Consequences«, aus dem Jahr 2007 besagt, dass bis 2040 mit einem Zusammenbruch der Globalisierung zugunsten eines »brutalen Verteilungskampfes« zu rechnen sei. Falls Sie die Globalisierung jetzt schon als »brutalen Verteilungskampf« sehen, dann haben Sie damit vielleicht nicht unrecht, was die Autoren aber meinen, ist richtiger Krieg.

»Unterschiedliche Teile der Welt könnten sich abschotten, um zu sichern, was sie zum Überleben brauchen«, meint ein Autor der Studie, Leon Fuerth. Wenn die Globalisierung allerdings tatsächlich zusammenbricht, dann wird es freilich auch in den reichen Ländern sehr vielen Menschen sehr viel schlechter gehen. Fuerth schreibt, »gravierende nicht-lineare Umweltereignisse (führen) zu gravierenden nicht-linearen Ereignissen im sozialen Bereich«. (Er meint Politik und Wirtschaft.) Und weiter: »Die spezifische Kontur dieser Ereignisse wird sich von Fall zu Fall unterscheiden, die *sehr hohe Intensität jedoch wird die Norm sein.*« (Zitiert bei Gwynne Dyer, »Schlachtfeld Erde«, Stuttgart 2010)

Harte Zeiten erfordern harte Maßnahmen. Das »moralische« Handeln der Gesellschaften wird noch mehr als heute schon an »wirtschaftliche« Faktoren geknüpft sein. Will sagen, das, was etwa beim Hurrikan Katrina in New Orleans zu sehen war, wo man den Reichen half, den Armen aber nicht, wird die Regel sein. Eine Regel, die bislang in Europa bei Naturkatastrophen noch weitestgehend nicht gilt. Noch nicht, aber ... »Wenn zunehmend extreme Situationen eintreten, werden auch die erforderlichen Ent-

scheidungen zunehmend härter: eine moralische Heimsuchung für jeden, der derartige Entscheidungen zu treffen und durchzusetzen hat, und im Endeffekt *der sichere Tod jeglichen moralischen Empfindens«* (ebda.).

Düster, düster, düster. Haben die Autoren der Studie »The Age of Consequences« übertrieben, um mehr Eindruck zu machen? Das wäre nicht das erste Mal. Schon bei »Global 2000«, dem Bericht über die Grenzen des Wachstum, der 1981 erschienen war, hatte man sich des Öfteren zu Ungunsten der Lebenswelt der Menschen verschätzt. Mutmaßlich, um einen pädagogischen Effekt zu erzielen und um die Forderungen, die sich aus dem Bericht ergaben, für dessen Leser dringender erscheinen zu lassen. Ist das jetzt auch so? Schauen wir einfach mal, zu welchem Resümee das Hauptgutachten des wissenschaftlichen Beirats der Bundesregierung aus dem Jahr 2007 über das Thema »Globale Umweltveränderungen« kommt: »Der Klimawandel wird ohne entschiedenes Gegensteuern bereits in den kommenden Jahrzehnten die Anpassungsfähigkeiten vieler Gesellschaften überfordern. Daraus könnten Gewalt und Destabilisierung erwachsen, die die nationale und internationale Sicherheit in einem bisher unbekannten Ausmaß bedrohen.« Das ist zwar freundlicher formuliert als das, was die amerikanischen Wissenschaftler sagen, inhaltlich aber ist es das Gleiche. Dass die Experten der Bundesregierung und der US-Regierung, die in ihren politischen Forderungen zum Thema Nachhaltigkeit und Klimaschutz ja weit auseinanderliegen, zu solch ähnlichen Einschätzungen kommen, legt die Vermutung nahe, dass *alle* Regierungen der Welt Bescheid wis-

sen über solche Szenarien. Was wiederum vermuten lässt, dass die derzeitige weltweite Kamikaze-Politik – ich meine das Ausmaß der Schulden, die in so gut wie allen Ländern der Erde aufgehäuft werden und von denen jeder Normalsterbliche sich immer fragt, wie zum Henker die jemals zurückgezahlt werden sollen – vielleicht so kamikazehaft gar nicht ist. Sollen die eventuell gar nicht zurückgezahlt werden? Schulden bedeuten die Ausbeutung der letzten Ressource, die scheinbar unbegrenzt zur Verfügung steht: der Zukunft. Nimmt man überall deswegen so rücksichtslos Schulden in Billionenhöhe auf, weil man davon ausgeht, dass eine Zukunft, in der Schulden zurückgezahlt werden müssen, überhaupt nicht mehr stattfindet? Wenn ganze Gesellschaften zusammenbrechen und Gewalt und Destabilisierung die Zukunft sind, spielt dann Geld vielleicht gar keine so große Rolle mehr? Wäre es so, würde das bedeuten, dass die Staaten längst die Zukunft aufgegeben haben. Diskussionen um Rente oder Nachhaltigkeit wären eine reine Farce. Das stimmte allerdings nur, wenn tatsächlich keine Hoffnung bestünde, das Schlimmste noch zu verhindern.

Achim Steiner, Untergeneralsekretär der Vereinten Nationen und Mitautor der Studie über Globale Umweltveränderungen, schreibt weiter: »Der Klimawandel könnte die Staatengemeinschaft aber auch zusammenführen, wenn sie ihn als Menschheitsbedrohung versteht und in den kommenden Jahren durch eine energische und weltweit abgestimmte Klimapolitik die Weichen für die Vermeidung eines gefährlichen anthropogenen Klimawandels stellt.« Aha, ein Hoffnungsschimmer? Sicher, Herr Steiner klingt hier

ein wenig so wie eine Schönheitskönigin, die sich bei einer Misswahl den Weltfrieden wünscht.

Aber nehmen wir das einmal ernst. Könnten die globalen Probleme, die ja allen Menschen gemeinsam sind, auch dazu führen, dass wir alle näher zusammenrücken? Mehr Verständnis füreinander aufbringen und uns solidarisch verhalten? Man möchte das gern glauben, allein die Fakten sprechen dagegen. Ich will das jetzt mal eben anhand einer wirklich ganz kurzen Geschichte aufzeigen.

Das Gefangenendilemma ist eine beliebte Denksportaufgabe aus der Spieltheorie. Zwei Gangster werden festgenommen und von der Polizei unabhängig voneinander verhört. Jeder der beiden weiß, wenn er den anderen verpfeift, dann muss er nur für ein Jahr ins Gefängnis. Der andere aber, der dichtgehalten hat, fährt für 20 Jahre ein. Halten aber beide dicht, dann hat die Polizei keine Handhabe und muss die beiden letztlich wieder laufen lassen. Jetzt ist die Frage, was ist für die beiden die beste Möglichkeit, um mit der Situation umzugehen? Wer dem anderen vertraut, der wird, wenn sein Vertrauen gerechtfertigt ist, wieder nach Hause dürfen, weil ja nichts passiert, wenn beide dichthalten. Petzt aber der andere, muss er für 20 Jahre in den Knast. Also doch lieber auf Nummer sicher gehen und den anderen verpfeifen? Dafür gibt es nur ein Jahr. Vertrauen bedeutet also großes Risiko. Vertrauensbruch nur ein deutlich kleineres. Und die Uhr tickt, denn nur wer als Erster auspackt, kann mit der verkürzten Haftzeit rechnen.

An solchen Szenarien haben Mathematiker so ihre Freude, aber leider haben sie inzwischen auch Bedeutung für

Auch sie wünscht sich – wie wir alle – den Weltfrieden. Das ist nett. Aber aus irgendwelchen Gründen nehmen wir sie nicht richtig ernst.

uns alle bekommen. Denn in der Welt, die wir uns verursacht haben, ist das wirtschaftliche Denken das oberste Paradigma. Immer noch haben die Grundgedanken, die Herr Hardin vorgedacht hat, ihre Bedeutung. Und wenn jetzt ein Staat beim Klima, Wasser oder sonst einem transnationalen Problem die Initiative ergreift, dann verstößt nämlicher Staat gegen die Regeln der wirtschaftlichen Vernunft: »Es ist eine traurige Tatsache, dass die optimale Strategie für jedes einzelne Land darin besteht, die anderen Länder zu überreden, ihre Emissionen zu reduzieren, während das einzelne Land selbst gar nichts tut ... So würde ein Wirtschaftswissenschaftler die Situation beschreiben« (zitiert in Gwynne Dyer, »Schlachtfeld Erde«). So beschreibt David Keith vom Canada Research Chair für Energie und

Umwelt die Lage. Und warum? »Wenn Sie Geld in Aktionen stecken, mit denen sich Ihr Land an den Klimawandel *anpasst,* dann wissen Sie, dass das Geld im eigenen Land ausgegeben wird und dass *Sie genau dort auch davon profitieren werden.* Wenn Sie Geld in den *Klimaschutz* stecken, *erstreckt sich der Nutzen über die gesamte Erde«* (ebda.). Und das eben wäre ein Verstoß gegen das heilige Kosten-Nutzen-Denken. Die Staaten der Erde befinden sich einem Wettrennen um die Pole-Position in der Weltwirtschaft. Wer da aber den anderen hilft, schadet sich selbst. Deswegen ist es nur dann möglich, zu einer wirkungsvollen Maßnahme zu kommen, wenn alle mitmachen! Das aber wird nicht der Fall sein, weil mit jedem Land mehr, das sich entscheidet, etwas *für* den Klimaschutz zu tun – also *für alle anderen* –, es für die verbleibenden Länder attraktiver wird, sich *gegen* den Klimaschutz zu entscheiden. Weil man ja Nutznießer der Aktivitäten der anderen ist und sich zusätzlich noch einen Wettbewerbsvorteil verschafft, wenn man nicht mitmacht. Da aber alle so denken, macht keiner was, sondern alle spielen auf internationalen Konferenzen Verhandlungs-Mikado. Wer sich als Erster bewegt, hat verloren.

Tja, und das ist jetzt aber insgesamt schon eher traurig. Denn das führt ja, wie alle ebenfalls wissen, direkt in die Metakrise. Einen Zustand der weltweiten Destabilisierung. Dennoch ist es für die meisten Akteure auf der Welt vernünftig, sich gegen Rettungsmaßnahmen zu entschließen. Warum? Einen Hinweis erhalten wir wieder mal von Leon Fuerth: »Wir haben es hier mit einer Interaktion zu tun zwischen Menschen, die einer hoch organisierten industriellen

Zivilisation angehören, und den physikalischen und chemischen Naturgesetzmäßigkeiten der Erde« (ebda.). Die entscheidende Frage ist also: Was ist die wirkliche Welt? Die Welt der Naturgesetze oder die Welt der Wirtschaft? Für die überwiegende Mehrheit der Entscheider auf dem Planeten ist die Antwort eindeutig. Die Wirtschaft schafft Wohlstand, Arbeit, Innovation und Fortschritt. Die Gesetze des Marktes entscheiden über Wohl und Weh einer Gesellschaft. Die großen Bosse und das große Geld verteilen die Posten in den Aufsichtsräten, und ihre Lobbyisten durchziehen die Welt der Politik wie Metastasen. Das, was also unser Leben gestaltet, ist eindeutig die Welt der Wirtschaft. Dass die aber den Naturgesetzten untergeordnet ist, wissen nur die Naturwissenschaftler. Doch wer zahlt ihre Studienplätze und ihre Forschungen? Na also.

Der einzige Weg aus diesem Debakel führt leider direkt durch die Katastrophe und nicht an ihr vorbei, denn was wäre die Alternative? Man müsste der Welt gegenüber eine verbindliche Entschleunigungsempfehlung aussprechen. Ich meine, sicherlich kann das jeder immer tun und es ist auch schon des Öfteren gemacht worden – aber immer ohne Folgen geblieben. Schon im Jahr 2006 fuhren geschätzte 700 Millionen Kraftfahrzeuge über unseren Lieblingsplaneten. Hätte man die in nämlichem Jahr mit einem Zauberstab allesamt durch kraftstoffsparende Hybridautos ersetzt, die nur noch etwa fünf Liter Benzin pro 100 Kilometer brauchen, dann hätte der weltweite Kraftstoffverbrauch jetzt, da diese Zeilen geschrieben werden (Sommer 2011), schon wieder das Niveau von 2006 erreicht. Also selbst

eine gravierende Einsparung hätte das Wachstum des Verbrauchs nur marginal verlangsamen können. So erging es auch den weltweiten Initiativen zum Klimaschutz. Trotz aller Bemühungen war das Jahr 2010 das Jahr mit den größten CO_2-Emissionen aller Zeiten.

Unsere Wirtschaft braucht Wachstum. Würde also ein Politiker, der das Licht gesehen hat (oder besser die nahende Dunkelheit), in einem plötzlichen Anfall von Vernunft empfehlen, was tatsächlich erforderlich ist, um den Aufprall auf die Zukunft abzumildern, dann müsste er empfehlen, dass wir arm werden und unsere Entwicklung nicht nur stagniert, sondern sich reduziert. Denn alles hängt am Wachstum. Sie erinnern sich – die Zinsen, die müssen erwirtschaftet werden. Wer das nicht mehr kann, wird nicht nur *nicht* reicher, er wird ärmer.

Und fragen wir uns mal, ob wir einer Aufforderung zur Armut Folge leisten würden. Die Antwort ist klar. Selbst, wenn wir wüssten (und wir wissen es), dass unser derzeitiges Leben direkt in die Metakrise führt, also zu Kriegen, Entbehrungen und dem Verlust der Humanität, würden wir einem Politiker folgen, der uns sagt, wir könnten diesem Zustand ausweichen, indem wir ihn vorwegnehmen? Also indem wir schon früher ein Stadium des Debakels erreichen, als wir das unbedingt müssten? Wohl kaum. Auch dann nicht, wenn wir guten Grund hätten zu vermuten (und den haben wir), dass das Debakel, das wir ohne eine abmildernde Entschleunigung erleben werden, noch schlimmer wäre als das, welches wir durch eine Entschleunigung erleben müssten.

Es ist wie bei einem Drogensüchtigen. Solange er sich

seinen Stoff leisten kann und immer noch einen – wenn auch schwindenden – Kick bekommt, so lange wird er weiter Drogen nehmen.

Der Weg raus aus der Sucht führt nur über die Krise. Die hat aber zwei Nachteile. Erstens, sie ist gefährlich. Lebensgefährlich. Ist sie es nicht, wird kaum eine Änderung eintreten. Und zweitens bedeutet »lebensgefährlich« eben auch, dass es tatsächlich schiefgehen kann. Man kann sterben. In einer ähnlichen Situation befindet sich derzeit die sogenannte entwickelte Welt.

Wir sind Energie-Junkies. Genauer Öl-Junkies. Noch genauer – wir sind abhängig von billigem Öl. Lange wird es das nicht mehr geben. Doch wie lange es genau dauert, bis die wirkliche Ölkrise zuschlägt (die aus den 1970ern war dagegen nur ein Kindergeburtstag), das weiß keiner. Freilich besonders deswegen, weil die tatsächlichen Ölvorräte der Förderländer ein wohlgehütetes Staatsgeheimnis sind. Wären sie es nicht, und der Geldmarkt hätte schon erfahren, wie wenig Öl tatsächlich bei weltweit steigender Nachfrage vorhanden ist, herrschten vermutlich schon Mord und Totschlag. Deswegen ist diese Geheimniskrämerei ein Segen. Aber lange wird das nicht mehr durchzuhalten sein.

Unsere Finanzmärkte agieren, als ob die Energiezufuhr, die die Globalisierung aufrechterhält, unerschöpflich wäre. Doch immer wenn sich die Realität für einen Moment auch bis in die Hirzen der Finanzmanager herumspricht, kommt die Weltwirtschaft ins Stocken. Denn dann steigt der Ölpreis. Er steigt so lange, bis die Weltkonjunktur abgekühlt ist, dann fällt er wieder, weil durch die Krise die Nachfrage

sinkt. Sobald sich die Weltwirtschaft wieder erholt, steigt der Preis wieder, und das Ganze beginnt von Neuem, aber auf erhöhtem Preisniveau. Das geht dann so lange weiter, bis es nicht mehr weitergeht.

Gern bemerken naseweise Optimisten an dieser Stelle, »die Steinzeit ist auch nicht vorbeigegangen, weil die Steine ausgingen«, was wohl richtig ist. Die Hoffnung auf technische Neuerungen hat immer eine gewisse Berechtigung. Doch im Moment gibt es noch nichts, um Erdöl zu ersetzen. Denn selbst wenn die nachhaltigen Arten der Energieerzeugung jedes Jahr zweistellig wachsen würden – was sie freilich nicht tun –, dann würden sie, wegen des immer weiter steigenden Energiehungers der Welt, bis zum Jahr 2050 höchstens ein Drittel der Energieproduktion ausmachen. Auch sämtliche alternative Energieformen zusammengenommen taugen also nicht dazu, das Öl zu ersetzen, sie erfordern eine gänzliche andere, deutlich bescheidenere Welt.

Und freilich hätte eine Entschleunigung auch all die in vielen Publikationen gepriesenen Vorteile, denn insgesamt geht uns unsere Welt ja ohnehin in erster Linie auf die Nerven. Dennoch wird die Zeit des Übergangs wohl hauptsächlich ohne Gemütlichkeit und mit unschönen Szenen einhergehen. Ich will jetzt endlich die Sätze schreiben, um die ich mich schon das ganze Buch lang zu drücken versuche: Das Wachstum, das der Weltbevölkerung, aber auch das von dem, was man im weitesten Sinne als »Fortschritt« bezeichnen kann, ist direkt an unseren Energieverbrauch gekoppelt. Die Wachstumskurven sind – im Guten wie im Schlechten – mit dem Wachstum der Energieausbeutung

proportional. Kommt es zu einer »Verringerung« (die Anführungszeichen stehen wegen der im Begriff »Verringerung« versteckten Scheußlichkeiten), wird es auch zu einer »Verringerung« der Weltbevölkerung kommen. Ohne fossile Brennstoffe ist es wahrscheinlich nur möglich, etwa 1,5 Milliarden Menschen zu ernähren.

Und jetzt denken Sie mal an den letzten großen Krieg, den Zweiten Weltkrieg. Die geschätzte Zahl der Opfer auf allen Seiten betrug zwischen 70 und 80 Millionen. Ein Horror, den wir immer noch nicht gänzlich bewältigt haben. Aber ziehen Sie mal 70 Millionen von sieben Milliarden ab. Das können Sie im Kopf rechnen. Es sind dann über den Daumen immer noch sieben Milliarden. Die Kriege, die in diesem Jahrhundert die Menschheit zu dezimieren drohen (zusammen mit Hungersnöten und anderen Grausamkeiten), werden den letzten Megakrieg leider an Schrecklichkeit wohl weit überbieten.

Der totale Markt oder der totale Untergang

»Ach«, sagte die Maus, »die Welt wird enger mit jedem Tag. Zuerst war sie so breit, dass ich Angst hatte, ich lief weiter und war glücklich, dass ich endlich rechts und links in der Ferne Mauern sah, aber diese langen Mauern eilen so schnell aufeinander zu, dass ich schon im letzten Zimmer bin, und dort im Winkel steht die Falle, in die ich laufe.« »Du musst nur die Laufrichtung ändern«, sagte die Katze und fraß sie.

Als hätte Franz Kafka mit seiner Geschichte von der Maus die letzten 10 000 Jahre Entwicklung der Zivilisation auf Haiku-Länge eingedampft. Zunächst wirkt die unbegrenzt scheinende Natur um uns herum unheimlich und bedrohlich. Kaum auszuhalten. Dann bauen wir Mauern in die Welt, die als Begrenzungen Sicherheit schaffen, so lange, bis sie uns in eine Ecke drängen, aus der es keinen Ausweg zu geben scheint. Dabei hätten wir nur die Laufrichtung ändern müssen.

Aber so, wie es im Moment aussieht, scheint es keine Änderung der »Laufrichtung« zu geben. Zwar versucht eine gar nicht so kleine Zahl von Mitmenschen mit mannigfaltigen Initiativen und Aktionen, ein »Umdenken« zu bewirken. Die Wissenschaftler und Naturschützer warnen und mahnen. Dennoch, eine wirkliche Änderung unseres Weges scheint sich nicht anzukündigen.

Und die Katze wartet auch schon.

Es ist also an der Zeit, sich zu fragen, wie die Zukunft nun tatsächlich aussehen könnte. Eine genaue Auskunft darüber – das liegt in der Natur der Sache – ist freilich nicht möglich. Aber dennoch kann man so eine Art von Endpunkt – oder besser von Endpunkten oder Polen – in den Blick nehmen, denen sich die Entwicklungen um uns herum immer mehr annähern. Dabei werden uns zwei bekannte Figuren aus der Popkultur begegnen, die diese Endpunkte oder Pole bezeichnen. Nämlich die allseits beliebten Vampire und die Zombies. Es wird Ihnen jetzt vielleicht zunächst völlig rätselhaft erscheinen, worauf ich hinauswill, aber im weiteren Verlauf der Überlegungen wird es, hoffe ich, deut-

lich klarer werden. Aber so viel vorweg: Die Vampire stehen für die Entwicklung, die diejenigen Zonen der Welt nehmen könnten, in denen weiterhin Hightech erzeugt und Wissenschaft betrieben wird. Die Zombies stehen für die Entwicklung, die stattfindet, wenn der Strom ausfällt. Das ist im ganz radikalen Sinne gemeint. Also der elektrische Strom ebenso wie der Strom der Waren, des Geldes und der Informationen, die die Globalisierung mit sich bringt. Freilich bilden beide Bereiche dabei Extreme ab, die so nie eintreten werden. Die Wahrheit wird wie in Aristoteles' Zeiten wieder mal in der Mitte zu finden sein. Aber als Wegweiser können die beiden Figuren aus der Popkultur allemal dienen.

Um aber nun die Pole zu magnetisieren, damit wir unsere gedanklichen Kompasse auf sie ausrichten können, müssen wir erst ein paar scheinbare Umwege beschreiten. Oder einfacher: Ich muss noch mal kurz ausholen und wieder von vorn anfangen ... (Und Sie dachten vermutlich, wir wären schon durch.)

Oft kann man am meisten über sich und seine Mitmenschen lernen, wenn man sich die Popkultur und ihre Erzeugnisse anschaut. Denn das, was die Mehrheit sich mit Begeisterung beispielsweise in Kino und Fernsehen ansieht, verrät mehr über sie als so manche Statistik und soziologische Studie. Und da man selbst ja meist ein Teil der Mehrheit ist, obwohl man freilich zugleich total individuell und einzigartig ist, kann man, indem man das Populäre ernst nimmt, vielleicht auch etwas darüber lernen, wie sich der Mensch angesichts des Ernstes der Lage verhält. Immerhin wird ein Produkt der Popkultur, sagen wir zum

Beispiel ein Blockbuster-Kinofilm, vom Konsumenten freiwillig angesehen. Er muss sogar dafür bezahlen! Was einen großen Vorteil bedeutet: Wenn schon die Populärkultur oft nicht das Gute ist und noch seltener das Schöne, so ist sie doch wenigstens fast immer das Wahre: die Ware. Eine der wenigen guten moralischen Eigenschaften des Kapitalismus, übrigens. Die Ware beziehungsweise die Verkaufszahlen der Ware haben immer recht, also den Charakter der Wahrheit an sich, weil sich eben die Mehrheit tatsächlich für ein Produkt entscheidet. Letzteres freilich aus komplexen Gründen und bestimmt meist auch nicht wirklich freiwillig, immerhin hat man neben einer eindrucksvollen Produktionsmaschine eine ebenso eindrucksvolle Wunschmaschine hergestellt, die Werbung und ihre Verbündeten, die uns sieben Tage die Woche und rund um die Uhr mit Wünschen füttern, die wir ohne sie gar nicht hätten. Man könnte also sagen, die Wunscherfüllungsmaschine des Kapitalismus funktioniert deswegen so gut, weil sie nur die Wünsche erfüllt, die sie selbst hervorgebracht hat, während sie andere Wünsche unterdrückt.

Aber auch die Wünsche, die der große Werbeapparat anpreist, sind letzten Endes den Gehirnen von Menschen entsprungen. Verdrehten Hirnen vielleicht, mutmaßlich bekokst, aber menschlich. Und das in ständiger Interaktion mit den gemutmaßten Bedürfnissen der Massen, die unablässig von Trendforschern bedröhnt werden, um ihre Geheimnisse preiszugeben. Psychiater und Soziologen erforschen also ständig unsere Vorlieben und deren Mechanismen, um uns in der Folge erfolgreich Wünsche einzu-

pflanzen, die uns dann wiederum zum Kaufen animieren. Ein Vorgang, der in letzter Zeit immer besser funktioniert – Google sei Dank. Ein in sich geschlossenes System, das auf – wenn auch asymmetrischer – Wechselseitigkeit beruht. (Asymmetrisch deswegen, weil Google ja geringfügig mehr über einen weiß als man selbst, alldieweil wir über Google kaum etwas wissen.) Und was ist schon die Stasi gegen Google und Facebook? Dilettanten! Kein Witz. Die Werbemaschine geht tatsächlich mit Ihnen und mir ein viel intimeres Bündnis ein, als es bislang etwa für Staaten notwendig war. Und dabei schafft es die Wunschmaschine, die für ihr Funktionieren notwendige Illusion der Freiheit und Freiwilligkeit aufrechtzuerhalten. Was schwierig ist – und auch wieder nicht: Denn eigentlich mögen wir unseren komplexen Grad an Freiheit nur in Sonntagsreden, in Wirklichkeit aber überhaupt nicht. In Wirklichkeit suchen wir immer nach größeren Zusammenhängen, in die wir uns einordnen können: die Clique, der Verein, die Mode, die Religion, die Nation etc. Dort machen wir, was alle machen, und geben unsere Freiheit an der Garderobe ab. Wobei man uns das aber eben nie sagen darf, dass wir unsere Freiheit drangeben. Sonst bekommen wir Atemnot. Im Gegenteil, man muss uns sagen, wir würden eben genau dadurch frei, dass wir unsere Freiheit aufgäben. Was freilich totaler Blödsinn ist – aber wir wollen das so. Und die Wunschmaschine des Kapitalismus hat das bislang am besten hingekriegt. Wir lassen uns einreden, wir wären nur dann frei, wenn wir genau das tun, was die Werbestrategen als Verhalten für uns vorhergesehen habe, nämlich kaufen.

Ich kaufe, also bin ich.

Was genau?

Glücklich.

Wir sollen instantan glücklich werden, indem wir ein Produkt kaufen. Das ist das implizite Versprechen der Wunschmaschine.

Wobei aber der total glückliche Konsument, der *bleibend* glückliche Konsument, in dem System nicht vorgesehen ist, nicht vorgesehen sein kann, denn der würde aufhören zu kaufen, weil er ja glücklich ist. Der Zustand des Glücks zeichnet sich ja dadurch aus, dass man nichts mehr braucht. Dann aber wäre man kein Konsument mehr.

Für den praktisch veranlagten Aristoteles war das Streben nach Glückseligkeit (*eudaimonia*) der Antrieb zu moralischem Handeln schlechthin. Aristoteles ging davon aus, dass jeder immer nach dem Glück sucht. Das ist Ziel aller Handlungen. Nur, was genau ist das Glück? Aristoteles diagnostizierte, das Glück suche man immer in dem, was man gerade nicht hat.

Glück ist das, was fehlt.

Und so will der Kranke Gesundheit, der Arme Reichtum, der Alte Jugend, der Hässliche Schönheit und so weiter. Wenn man aber nun nach einem beständigen Zustand des Glücklich*seins* fahndet, dann muss das ein Zustand sein, in dem einem eben nichts mehr fehlt. Aristoteles' Antwort auf die Frage, wie dieser Zustand zu erreichen sei, ist einfach: Man muss das werden, was man ist.

Einen Zustand der *eudaimonia,* worunter wohl in Neusprech so etwas wie Lebenszufriedenheit zu verstehen wäre,

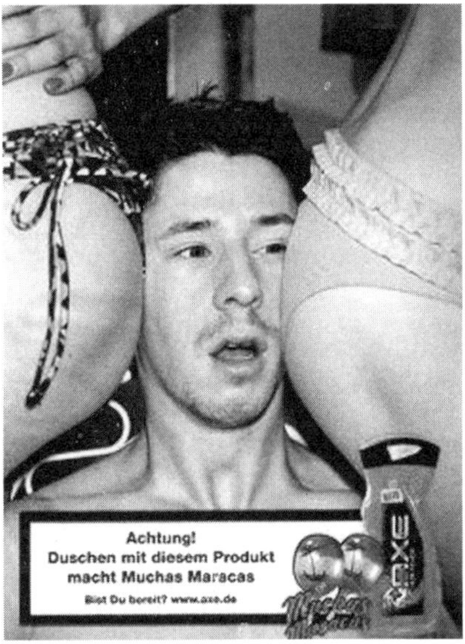

Sie ahnen das vermutlich nicht, deswegen bin ich behilflich. Aber das, was auf diesem Bild dargestellt ist, ist gelogen.

findet man, wenn man sich die anthropologischen Grundbedingungen des Menschseins ansieht. Was sind wir?

Erstens, sagt Aristoteles, »politische Tiere«. Also Gemeinschaftswesen. Die Gemeinschaft erzeugt uns, also können wir auch im Aufgehen, ja, im Sich-Aufopfern für diese Gemeinschaft glücklich werden.

Die andere Besonderheit des Menschseins findet Aristoteles in seinem eigenen Beruf: im Denken. Der Mensch ist auch ein »denkendes Tier«. Deswegen kann er Glück dann eben auch in der Kontemplation finden. Totaler Bürger (*polites*) oder totaler Denker (Philosoph), das sind die beiden Möglichkeiten, um das Gefühl des ständigen Mangels abzuschaffen, weil man seiner Daseinsbestimmung folgt.

Geht das heute auch noch? Unter einem *polites* würden

wir heute wohl einen Gutmenschen verstehen. Also einen Idioten. Lustig, war doch zu Aristoteles' Zeiten der *idiotes* (Privatmann oder Individualist) derjenige, der eben genau kein *polites* sein wollte. Heute aber ist ein Gutmensch einer, der die egozentrierten Wohltaten der Wunschmaschine nicht an erster Stelle seiner Daseinsprioritäten stehen haben will. Also doch auch ein *idiotes* – einer, der sich außerhalb der Gemeinschaft stellt, heute eben der Gemeinschaft der Konsumierenden.

Und Denken? Das ist ohnehin verdächtig. Man versteht die Denker kaum und hat das nicht unberechtigte Gefühl, dächte man nach, hätte man jede Menge Probleme, die man ohne denken nicht hätte. Und haben nicht gerade die Denker, die Wissenschaftler mit dem unablässigen Strom des Wissens, den sie geschaffen haben, all die Probleme unserer hochtechnisierten Welt erzeugt? Sicher, wir verdanken ihnen alles. Unseren Wohlstand, unsere relative Freiheit und all die anderen Annehmlichkeiten des modernen Lebens. Aber es kommt kaum Dankbarkeit auf. Die Vorstellung, die Wissenschaft könne einen Menschen glücklich machen, ist wohl nur eine Spezialmeinung, die die wissenschaftliche Gemeinde kaum verlässt.

Der Unterschied zwischen der heutigen Glückssuche und der des Aristoteles ist fundamental. Damals sollte man glücklich *sein*. Heute will man das Glück *haben*. Damit ist es ein Produkt geworden.

Und wir? Wir sollen nur kurzzeitig befriedigt, ansonsten aber von ständiger Sehnsucht angetrieben werden. Die Sehnsucht ist die Grundemotion, die den Konsumenten be-

wegt. Die Sehnsucht nach dem perfekten Produkt, das die perfekte Identität verleiht, mit dem perfekten Preis-Leistungs-Verhältnis. Der Konsument soll also eigentlich nicht glücklich sein, sondern sich immer in einem Zustand kurz vor dem Glück befinden. Wenn ich das noch habe, dann ... vielleicht? Und diese Systematik ist inzwischen so tief in unsere Verhaltensnormen eingepflanzt, dass wir auch uns und unser Umfeld nach Marktkriterien betrachten. Was bringt mir diese oder jene menschliche Beziehung? Wie viel habe ich in sie *investiert?* Wo gibt es eine bessere Beziehung, die mir mehr bringt? Wenn es sie gibt, kann ich die alte schuldgefühlfrei fallen lassen – immerhin war sie nicht optimal. Ebenso wenig wie mein altes Handy. Das neue kann mehr. Die Flatrate ist besser.

Und wir sind auch selbst zu Produkten geworden. Wir versuchen uns zu optimieren, um auf dem Markt bestehen zu können. Um attraktiv zu bleiben oder zu werden. Und wir können uns auch gar nicht mehr vorstellen, dass man das jemals anders gesehen haben könnte. Oder wir glauben, hätte man früher andere Kriterien gehabt, um das Miteinander zu bewerten, dann wären das eben Euphemismen und Lebenslügen gewesen. Aber in Wirklichkeit wäre die Welt der Menschen immer schon so strukturiert gewesen wie jetzt. Nur wussten sie es früher halt nicht.

Wir kaufen, kaufen, kaufen
All das, was wir nicht brauchen, brauchen, brauchen
Wir ziehen uns das Neue rein, Neue rein

Sonst können wir nicht glücklich sein, glücklich sein
Und kaufen wir zu spät, zu spät
Verlieren wir Identität, Identität
Entität.

Allerdings funktioniert die große Wunschmaschine längst nicht fehlerfrei. Nicht alles das, was angedacht wird, um uns zu beglücken, funktioniert auch. Wir sind eben doch noch komplizierter als die Elementarteilchen. Wir sind nämlich nicht berechenbar. Oder vielleicht sind wir das grundsätzlich schon – die Philosophie streitet darüber seit Jahrtausenden –, nur eines ist klar: Auch wenn wir prinzipiell berechenbar sein sollten, dann hat noch keiner eine bündige Formel gefunden, die absolut funktioniert. Die Kino-Blockbuster sind ein gutes Beispiel. Es gibt da klare Kriterien, die ein Film erfüllen muss, um ein echter Erfolg an den Kinokassen zu werden. Es müssen große Stars verpflichtet werden, das Budget muss eine bestimmte Höhe haben, das Drehbuch, was Spannungsbögen und Figurentwicklung anbelangt, nach genau definierten Mechanismen ablaufen. Und dennoch, zwei von drei Hundert-Millionen-Dollar-Produktionen wollen die Massen lieber doch nicht sehen. Warum? Keiner weiß es. Wüsste es einer, wäre der in kürzester Zeit sehr, sehr reich und mächtig. Nun, da ich nicht sehr reich und mächtig bin, weiß ich es auf jeden Fall schon mal nicht. Schade.

(Kleiner Hinweis: Falls mal irgendjemand auf Sie einteufeln sollte, er wisse genau, was die *Menschen wollen* und wie etwas aufgezogen sein muss, um *anzukommen,* und die auf

Sie einteufelnde Person ist kein Self-made-Multimillionär – glauben Sie ihm kein Wort. Er hat keine Ahnung.)

Auf der anderen Seite ist es schon durchaus beruhigend, dass auch die Sehnsuchtsapparate mitunter danebenliegen. Eine Allmacht der Wunschmaschine droht also noch nicht?

Tja. Das Raffinierte am kapitalistischen Glücksapparat ist, dass er um seine Schwächen weiß und es versteht, daraus Stärken zu machen. Überlegen Sie mal: Von dem immerwährenden Anspruch, glücklich zu sein, sind wir in einen Zustand ständiger Erschöpfung geraten. Allenthalben machen sich Überdruss und Unlust breit. Das ständige Wechseln der Identitäten erzeugt wiederum die Sehnsucht nach einer (be)ständigen Identität. Die Tatsache, dass unsere Aufmerksamkeit immerzu und unaufhörlich von neuen Beglückungsvorschlägen abgelenkt wird, versetzt uns in einen Zustand der immerwährenden Oberflächlichkeit. Unser Aufmerksamkeitsspektrum ist breit, aber seicht. Der Philosoph Byung-Chul Han diagnostizierte, wir seien eine Gesellschaft mit ADHS (Aufmerksamkeitsdefizit-/Hyperaktivitätssyndrom), die sich aber beständig weigert, ihr Ritalin zu nehmen.

Um all die Angebote der Werbung und alle möglichen gleichzeitigen Lebensentwürfe, in die wir uns werfen sollen, ständig im Blick zu behalten, versuchen wir unserer Welt mit Multitasking beizukommen. Der Konsument nimmt die Welt wieder so ähnlich wahr wie seine Säugetiervorfahren am Wasserloch. Auch da musste das Fluchttier vieles gleichzeitig im Blick behalten. Wo ist der Fressfeind?

Wie platzieren sich die anderen Mitglieder der Herde? Was bedeutet diese Platzierung für meine Position im sozialen Ranking? Wo sind mögliche Geschlechtspartner? Die Aufmerksamkeit ist also breit, aber nicht tief. So ähnlich beäugt der Konsument seine Welt, immer auf der Suche nach dem billigsten und besten Angebot, nach alternativen und besseren Lebensimages. Bietet uns doch die Werbung in den seltensten Fällen noch Produkte an, wir bekommen ganze Lebensentwürfe offeriert.

- Das Rasierwasser, das dynamisch und erfolgreich macht.
- Die zuckerfreie Brause, die dafür sorgt, dass die Welt so ist, wie sie sein soll. (Also mit *zero* Belästigungen!)
- Die Schokolade für die gute und sorgsame Mutti, die nicht nur ihre Kinder, sondern auch mal sich selbst belohnt.
- Das Deo, das Frauen anzieht wie Müll Fliegen.
- Die Brille, die einen dahingehend bestätigt, dass der gesamte Lebensentwurf, den man gewählt hat, richtig und harmonisch ist.

Diese und noch unzählige Lebensentwürfe mehr sollen wir am besten gleichzeitig wegleben. Was freilich nicht geht. Aber zumindest soll man versuchen, so viele Leben wie möglich in das eigene hineinzupacken. Deswegen bleiben von den vielen möglichen Leben (als Abenteurer, Frauenheld, Vamp, Forscher(in), Hausfrau und Mutter, smarter Manager(in) etc.) schlussendlich immer nur das dazugehörige Kostüm und der Habitus. Beide sind schnell aufge-

tragen und ebenso schnell ausgewechselt. Man soll immer disponibel bleiben.

Alles Oberfläche.

Also bekommen wir Sehnsucht nach Tiefe. Dazu aber müsste man sich für irgendeine der Beglückungen entscheiden. Eines der Dilemmata unserer Tage. Denn sobald man sich für eine entscheidet, weiß man, dass man was anderes versäumt.

Vielleicht was Besseres? Vielleicht was Besseres.

Unser Leben gipfelt immer wieder in der zweifelnden Frage: Gibt es noch einen besseren Handy-Vertrag als meinen? Die Antwort lautet vermutlich Ja. Deswegen versuchen wir, einfach alles irgendwie gleichzeitig hinzukriegen, um nur ja nichts zu versäumen. Was aber schon wieder zu ständiger Ermüdung und Infarktgefahr führt. Also was tun?

Die unzähligen Ratgeberbücher wissen Bescheid. Wir müssen sie nur *kaufen*. (Lesen kann man sie auch, aber da muss man schon sehr verzweifelt sein. Immerhin, wenn man sich auf ein Ratgeberbuch einlässt, versäumt man ein anderes. Mit besserem Rat?) Und darin finden wir dann den Rat, dass Konsum generell vielleicht doch keine so gute Idee sei, es ginge um etwas anderes. Liebe, Atmen, Amen, was auch immer. Das Wichtigste aber ist: Wir müssen uns finden. Und wenn man nicht weiß, wie das gemeint sein könnte, dann geht man einfach auf ein kapitalismuskritisches Selbstfindungsseminar und sucht sich. Unter Anleitung freilich. Vielleicht in einem schicken Wellnesshotel. Und selbstverständlich am Wochenende. Die Arbeitszeit

soll nicht angetastet werden. Kostet halt ein paar Tausend Euro, aber das sind wir uns wert. Überhaupt ratgebern die Ratgeber unablässig, wir sollen *uns selbst wertschätzen,* nur um zu erreichen, dass wir, um diese Erkenntnis zu verinnerlichen, jede Menge Geld zahlen müssen. (Wie heißt der Werbespruch von L'Oréal? *Weil ich's mir wert bin.*)

Und wenn das alles nicht hilft, hilft vielleicht die Astrologie oder die Kraft der Steine, oder man muss die Runen befragen, oder Buddhismus ist ein Weg, der zum Ziel führt. Das Ziel aber bin immer ich. Ich der Konsument, der sich jetzt Sinn kaufen soll. (*Be yourself!,* lautet das heimliche Credo der Hip-Hop-Generation. Und das bedeutet: »Lass nichts an dich heran! Du brauchst dich gar nicht zu verbessern. Du musst nichts lernen! Lernen ist feindliche Übernahme durch fremde Gedanken. Bleib, wie du bist! Bleib lieber ignorant und sei stolz drauf! Veränderung ist schlecht. Nur neue Turnschuhe wären vielleicht mal wieder gut. Die alten sind schon ein paar Wochen alt.«)

Man sieht, man kommt aus diesem Apparat der Sehnsuchts-, Sinn- und Glückserzeugung nicht so einfach heraus. Vielleicht sogar gar nicht. Aber man kann ihn dennoch für sich nutzbar machen, denn indem man sich fragt, was die meisten wollen, fragt man auch gleichzeitig, was man selber will, und dann kann man sich fragen, ob diese Wünsche, die man hat, wirklich einem selbst gehören oder ob man sie doch versehentlich fast schon gekauft hat.

3. VORHANG

Die Welt nach dem Untergang

Um in einem Pool ertrinken zu können,
braucht man erst mal einen.

Die Sehnsucht nach Vampiren – Bis(s) zum Abwinken

Kommen wir zurück zu den Produkten der Popkultur. Ich habe ein Faible für das Phantastische. Da bin ich wahrlich nicht der Einzige. Es gibt bislang nur einen Film, der weltweit über eine Milliarde eingespielt hat und gänzlich auf überirdische Kräfte, Außerirdische oder Magie verzichten kann, und zwar »Titanic« von James Cameron. Sicher, da wummert die Macht der Liebe, dass sich das Auge befeuchtet. Davon abgesehen tummeln sich in den Top Twenty der einträglichsten Kinofilme nur gestresste pubertäre Zauberlehrlinge, Ring-der-Macht-Junkies, sexuell unzuverlässig wirkende Piraten der Karibik, sprechende Spielzeuge und freilich, an der Spitze, die große blaue Schwester von Winnetou und ihr Kampf gegen interplanetar agierende Großkonzerne.

Jetzt sagen Sie, Kino sei eben dazu da, um der Realität zu entfliehen. Auf der anderen Seite steht fest, dass wir immer nur Filme über uns selbst ansehen. Beziehungsweise uns so sehen wollen, wie wir gern sein würden. Edel, mutig, gut und gern auch mit übermenschlichen Kräften ausgestattet. Da werden Omnipotenzphantasien bedient, die man

wohl früher als pubertär bezeichnet hätte. Was aber wiederum die Hoffnung durchscheinen ließ, die Pubertät hätte irgendwann ein Ende und würde dann von reifem Erwachsensein abgelöst. Eine Hoffnung, die man wohl mittlerweile fahren lassen sollte. Wir werden einfach nicht mehr erwachsen. Zumindest nicht komplett. Die Wunschmaschine des Kapitalismus appelliert unablässig an den egozentrischen Pubertierenden, der in unserem Bewusstsein gespeichert ist, ebenso wie an alle anderen Persönlichkeiten, die wir in unserer Lebenszeit innehatten, nur soll die Pubertät eben nie überwunden werden. Lebenslang sollen wir in diesem Übergangsstadium gefangen bleiben, weil es sich durch seine Identitätsunsicherheit auszeichnet. Und nur wer keine abgeschlossene Identität sein eigen nennt, dem kann man unablässig neue mögliche Identitäten verkaufen. Identitäten zum Draufsprühen in Deos oder Flakons, Identitäten, die fahren, die man essen kann und anziehen, oder eben Identitäten von ausgedachten Personen in Geschichten, mit denen man sich identifiziert, um so für einen Moment zur Ruhe zu kommen oder sich in absoluter Macht zu sonnen.

Aber dennoch, auch wenn wir scheinbar vor der Realität und vor uns selbst auf der Flucht sind, denke ich, dass wir uns letztendlich doch immer nur für uns und die von uns erzeugte Welt interessieren. Wir wollen in den Spiegel sehen, um Mimik und Haltungen einzuüben. Wir wollen uns sehen, wie wir sind und wie wir werden.

Vampire und Zombies treiben nun schon seit Jahrzehnten ihr Unwesen in der Populärkultur, wenn auch beide

ihren Charakter stark verändert haben. Lassen Sie uns herausfinden, für was diese beiden Phantasien stehen und warum sie hartnäckig und unablässig über uns kommen, um von uns wegkonsumiert zu werden.

Zunächst scheint das nun mal in ihrer Natur zu liegen. Untote Wiedergänger wird man eben nicht mehr los. Aber schon ein nur kurzer Blick auf die Geschichte der Vampirerzählungen zeigt, dass sich da ein tief greifender Wandel vollzogen hat, was die Art und Weise betrifft, wie die Geschichte erzählt wird.

Als Bram Stoker die berühmte Geschichte von »Dracula« Ende des 19. Jahrhunderts veröffentlichte, waren Gut und Böse noch klar definiert. Der Vampir war das andere. Der Feind. Seine Schuld war die skrupellose Übertretung der Sexualnormen, verbunden mit dem totalitären Machtanspruch eines mittelalterlichen Despoten, der einfach nicht in den Aufbruchsgeist des anbrechenden 20. Jahrhunderts zu passen schien. Freilich ein Irrtum. Sollte sich doch die historische Vorlage für Stokers Dracula, der grausame Herrscher Vlad Tepes, genannt Vlad Dracul, genannt Vlad der Pfähler, als Waisenknabe herausstellen gegen das, was das 20. Jahrhundert an Scheußlichkeiten zu bieten haben würde. Doch das konnte Stoker im Jahr 1897, als *Dracula* veröffentlicht wurde, noch nicht wissen. Da war Vlad Dracul durchaus eine passende Figur, um abgründige Grausamkeit darzustellen. Hatte doch angeblich Vlad Dracul, bis heute in seiner Heimat gerühmt und verehrt als Verteidiger des Glaubens, den Vormarsch der Türken nicht dadurch gestoppt, dass er den Muselmanen in der

Schlacht mutig entgegengetreten war. Er soll Tausende seiner eigenen Leute gepfählt haben (vielleicht eine der scheußlichsten und sexuell pervertiertesten Mordmethoden überhaupt), die er wie einen Wald von Gepfählten dort aufstellen ließ, wo die Armee der Türken entlangkommen sollte. Unnötig zu sagen: Die Türken sollen kehrtgemacht haben, als sie dieses Fanal des Schreckens gesehen haben. Sie waren wohl der Fehleinschätzung erlegen zu glauben, einer, der so etwas seinen eigenen Leuten antue, werde seinen Feinden noch viel schlimmer zusetzen. Daran, die Bevölkerung, die ihren Herrscher ja hassen musste, auf die eigene Seite zu ziehen und als deren Befreier aufzutreten, hatte offenbar niemand gedacht. Außerdem verkannten die Türken offensichtlich, dass eine solche Schreckenstat die Tat eines Feiglings sein musste, der anstatt eine feindliche Armee zu bekämpfen, lieber sein eigenes Volk geißelte. Gut, vielleicht sind viele der Schilderungen von Vlads Grausamkeit auch Propaganda. Die Geschichte ist Vergangenheit, und die wird zu der Geschichte, die erzählt wird. In diesem Fall zu einer Gruselgeschichte. Wirklich überprüfbar ist wenig. Für Bram Stoker aber war die Figur, zusammen mit dem rumänischen Volksglauben an Vampire, tauglich, um seinen Romanbösewicht zu erfinden. Einen jahrhundertealten Vampir und Herrscher, der sich vom Blut seiner eigenen Untertanen nährt. Einen Untoten, den man nur durch die Gräueltat zur Strecke bringen kann, durch die er berühmt geworden ist. Man muss ihn pfählen (wenn auch durch die Brust ins Herz). Als sich nun der junge Advokat Jonathan Harker auf osterweiterte

Geschäfte mit dem alten Adligen einlässt, wird er unversehens zu dessen Opfer.

Doch der Grundtenor von Stokers Geschichte ist keine politische Warnung, sich nicht mit wilden Fremden aus dem Osten einzulassen. Es geht um Sex. Das Böse ist eigentlich eine virale Ansteckung mit entgrenzter fordernder Sexualität von ehedem keuschen Frauen, die, nachdem der Graf sie zu seinen Werkzeugen gemacht hat, als übersexualisierte Wiedergängerinnen das Licht des Tages scheuen.

Und was passiert, wenn man plötzlich sinnlich und nachtaktiv geworden ist? Kurz darauf will man das Blut von Kleinkindern trinken. Ein Spätausläufer der viktorianischen Sexualmoral. Das Böse ist, wieder einmal, die Frau. Wenn auch ihres eigenen Willens beraubt. Diesem Bösen steht der Grenzwissenschaftler van Helsing gegenüber. Eine klare Angelegenheit. Was uns Angst macht, ist der Einbruch der fruchtlosen unkontrollierten Sexualität in eine übersichtliche und geordnete Welt des Anstands. Doch der Unzucht wird Einhalt geboten, indem man das Böse durch einen pervertierten sexuellen Akt bannt; das Herz wird mit einem Holzpflock durchbohrt. Hätte Stoker hier die historische Art des Pfählens gewählt, wäre die Strafe für sexuelle Übertretungen noch deutlicher geworden. Aber das war und ist zum Glück zu abartig, um derart unmittelbar dargestellt zu werden.

Bis in die 1970er-Jahre hinein wird dieses Thema der sexuellen Übertretung das Grundthema der Vampirfilme sein. In den berühmten Hammer-Produktionen mit Chris-

topher Lee als bissigem Graf und Peter Cushing als dessen moralischem Gegenspieler geht es immer darum, Frauen vor der Sexualität zu retten. Und das, obwohl die sexuelle Revolution längst im Gange war. Das gab den Filmen wohl damals schon etwas leicht Angestaubtes. Der Horror war letztlich ein Ausdruck der Sehnsucht nach der guten alten Zeit.

Inzwischen aber hat sich unser Vampirbild doch recht verändert. *Wir* haben sozusagen die Seite gewechselt. Anstatt die Vampire als Inkarnation des Bösen zu verwenden, als Hintergrund, vor dem die Helden der Geschichte ihre Abenteuer erleben, ist die Figur des Vampirs selbst in den Vordergrund getreten. Ob in »Gespräch mit einem Vampir« und den darauffolgenden Romanen von Anne Rice sowie den jeweiligen Verfilmungen, ob in der Fernsehserie »The Vampire Diaries«, ob in »Underworld« oder der endlos erfolgreichen Teenager-Schmacht-Reihe »Twilight« mit ihren unzähligen Epigonen – überall sind die zentralen Figuren jetzt die Blutsauger selbst. Gern umwölkt von ein wenig Melancholie. Was ist denn da passiert? Warum interessieren wir uns jetzt für das Innenleben der Leblosen?

Um eine Antwort auf diese Frage zu finden, wird es richtig sein, sich in Erinnerung zu rufen, was den Vampir ausmacht:

Er ist alt, sieht aber nicht alt aus. Da er so alt ist, hat er Erfahrung und Wissen angesammelt. Er hat den Habitus von einem, der aus der sozialen Oberschicht kommt und gern in üppigen Anwesen lebt, die freilich tagsüber verdunkelt werden müssen. Denn er lebt nur nachts. Und

was tut er des Nachts? Er hat seine Machthändel mit anderen Vampiren. Er besaugt die Sterblichen und er hat immer Sex. Gern wird der moderne Vampir gezeigt, wie er sich auf Lack- und Leder-Partys räkelt, denn sein Leben ist eine einzige Party.

Und – ganz wichtig – er arbeitet nicht!

Und – ebenso wichtig – er hat keine Kinder! Nur auswechselbare Gefährten oder Gespielinnen, die er aus Langeweile oder auch aus Grausamkeit zu Vampiren macht.

Kurz, der Vampir ist eine Sehnsuchtsfigur, die das Leben lebt, das die meisten von uns anstreben! Oder genauer die Sehnsuchtsfigur, die uns die Wunschmaschine immer vorgaukelt. Jung, gesund, reich, nicht arbeitend, kinderlos.

Die Mitmenschen sind für den Vampir Objekte der Gier. Wenn sie ausgesaugt sind, sucht man sich neue. Und dann hat man unablässig Orgasmen. Der Vampir ist eine Karikatur der Erbengeneration.

Als ich einmal in Schwabing an einer Bar vorbeiging, lief vor mir ein Paar, es waren britische Touristen, und ich konnte nicht umhin, ihr Gespräch zu belauschen. Sie, eine aparte ältere Dame, fragte, was das wohl für Menschen seien, die in eine solche Bar gingen, und ihr Mann antwortete in gepflegtestem Englisch: »Rich Kids, eating up their parents houses.« Oder eben Vampire, jetzt gesehen aus dem Blickwinkel des gehobenen Mittelstands, der unwillig die soziale Leiter nach oben blicken muss, um das dekadente Treiben der nutzlosen Erbengeneration zu bestaunen. Am radikalsten ist dieser Archetyp unserer Gesellschaft wohl in der berüchtigten Satire von Bret Easton Ellis' »American

Psycho« dargestellt worden, in der ein nur auf Äußerlichkeiten fixierter Yuppie zahllose Frauen aus Überdruss sadistisch ermordet.

Doch die Vampire besetzen längst nicht mehr nur den Wesensraum der exzessiven Überschreitung, um die Spaßgesellschaft abzubilden. Der moderne Vampir schlechthin ist Edward aus der »Twilight«-Reihe. Er steht für den zeitgenössischen, um sich selbst besorgen Konsumenten. Edward ist der Vampir, der nicht beißt. Die vorher exzessive Sex- und Saug-Tätigkeit ist bei ihm auf Händchenhalten und Sich-tief-in-die-Augen-Blicken reduziert. Er ist der Vampir »light«! Das Äquivalent für Cola ohne Zucker, Kaffee ohne Koffein, Sahne ohne Fett oder Bier ohne Alkohol. Denn eines der Probleme unserer auf Genuss fixierten Kultur ist ja, dass der Genuss eine ungesunde Schattenseite hat. Genießt man allzu ausführlich, dann wird man fett, krank und hässlich. Das aber wiederum darf man nicht, weil man dann für den Sexmarkt unattraktiv wird. Verzicht aber ist uns Konsumenten auch nicht erlaubt. Also verhalten wir uns wie Edward. Wir simulieren den Genuss, so wie Edward die Simulation eines Vampirs darstellt. Frei nach den Motto: Iss kein Abendbrot! Das macht nur fett. Wir Vampire stehen zwar an der Spitze der Nahrungskette, müssen aber dennoch den Verzicht zu unserem obersten Gebot machen, weil uns sonst die Lust das Leben verkürzt. Und Lebensverlängerung ist unsere erste Pflicht, obwohl dabei aus dem Blick gerät, *wofür* man denn nun eigentlich leben soll. Der Vampir ist also auch hier ein Bild für die um sich besorgte Oberschicht der entwickelten Welt.

Doch aus dem Blickwinkel der Armen der Welt, die in den Sweatshops schuften und auf Müllbergen hausen, wären wohl schon wir die Vampire. Wir, das sind die 20 Prozent der Menschheit, die über 65 Prozent der Produktionsmittel verfügen. Und 70 Prozent der Energie verbrauchen. Wir machen den Müll, den die anderen 80 Prozent der Menschheit bitte für Billiglöhne wegräumen sollen. Wir werden immer älter. Gesundheit ist unser höchstes Gut. Und wir sind ständig an unserer Optimierung interessiert. Wir betreiben Denkmalpflege an uns selbst. Die französische Feministin Benoîte Groult schreibt über ihre Entscheidung, sich chirurgisch verschönern zu lassen: »Es hieß also etwas tun, um diesem hinterlistigen Älterwerden entgegenzutreten, ihm ganz energisch den Befehl zu erteilen, erst in zehn Jahren wieder vorbeizukommen. Ich wollte mir einen neuen Kopf leisten. Ich habe entdeckt, dass ich mir selbst mein kostbarstes Gut bin und dass ich dieses unanständig teure Geschenk verdient habe: ein Lifting. Bei der Gelegenheit werde ich auch meine Nase ein bisschen korrigieren lassen« (http://www.spiegel.de/wissenschaft/medizin/0,1518,737233,00.html, irgendwann mal).

Ein jeder sein eigenes Statussymbol. Die Auffassung von Frau Groult ist längst Common Sense geworden. Wer heute nicht an seiner Verschönerung arbeitet, darf als seltsam gelten. Im Fitnessstudio strampeln wir gegen den zweiten Hauptsatz der Thermodynamik an. Und am Strand präsentieren wir stolz das Ergebnis unserer Anstrengungen. Muskeln, straffe Bäuche und Pos wirken heute wie Preisschilder. Sie erzählen von der Sorgsamkeit des Bauch-,

Beine- und Po-Besitzers, von dessen Disziplin und davon, dass er sich selbst etwas kosten lässt. Weil er es sich wert ist.

Vampire widerstehen der Zeit, der zweite Hauptsatz der Thermodynamik gilt für sie nicht. Und genau so soll es auch für uns sein. Glaubt man Ray Kurzweil, dem Computergenie, Firmengründer und Künstliche-Intelligenz-Forscher, dann gibt es bald, schon in 20 Jahren, in unseren Körper eingeschleuste Nanoroboter, die für immerwährende Gesundheit und Jugend sorgen werden. Wir müssen jetzt gar nicht darüber reden, dass solche »Durchbrüche« immer für in 20 Jahren angekündigt werden und dass das damit zu tun hat, dass die Forscher Gelder bewilligt bekommen wollen, aber noch kaum etwas vorzuweisen haben. Und wir müssen auch nicht darüber spekulieren, ob das überhaupt jemals möglich sein wird oder nicht. Tatsache ist, es wird an solche Möglichkeiten geglaubt und es wird daran geforscht. Ob mit Erfolg, werden wir dann sehen. Im Moment ist nur eines klar: Falls es gelingen sollte, dann werden wir endgültig zu Vampiren. Obgleich wir schon jetzt im Durchschnitt gut und gern doppelt so alt werden wie unsere weniger privilegierten Zeitgenossen in den sogenannten Entwicklungsländern. Mit unserer Überalterung liegen wir im weltweiten Trend. Die UN schätzen, dass sich der Anteil der über 60-Jährigen auf dem Globus, der im Jahr 2000 etwa bei 10 Prozent lag, bis zum Jahr 2050 auf 21 Prozent mehr als verdoppelt. Wir sind gebildeter und verfügen über mehr Macht und Produktionsmittel. Und wir saugen die Armen aus. Und unsere Kinder.

Nicht so direkt wie die Vampire in den Geschichten ihre

Opfer, aber eben indirekt durch Zinsen, durch unmoralisches Ausbeuten von Rohstoffen, durch ungedeckte Kredite auf die Zukunft. Sicher, all das machen die meisten von uns nicht beruflich. Wir sind Lehrer, Verwaltungsangestellte, Fernsehmoderatoren und Diätberater. Und die Chefs von internationalen Großkonzernen werden wohl kaum Zeit finden, in diesem Buch zu blättern.

Aber sind wir nicht doch mitschuldig? Nun, nicht direkt. Wir saugen indirekt, indem wir einfach unser Leben leben und konsumieren. Aber am Ende ist das im Ergebnis ebenso grausam. Also für den Großteil der Welt stimmt wohl die Analyse, dass Sie, lieber Leser, liebe Leserin, und dass ich, dass wir die Vampire sind. Und deswegen interessieren uns auch die Geschichten über sie, weil sie uns an das erinnern, was uns wirklich wichtig ist. An uns selbst. Sehen wir uns das grobe, jedoch nicht unwahrscheinliche Szenario für die gar nicht so ferne Zukunft einmal an: Noch größerer medizinischer Fortschritt lässt uns noch älter werden, alldieweil wir noch jünger aussehen und noch dynamischer werden, auch im hohen Alter. Kinder werden noch weniger. (Vampire haben auch keine. Sie »adoptieren« quasi immer mal wieder jemanden aus Langeweile oder Grausamkeit und machen den dann auch zum Vampir. Fortpflanzung in dem Sinn aber gibt es nicht.) Immer weniger Menschen/Vampire werden immer reicher. Und immer mächtiger, je älter sie werden. Der Reichtum wächst. Und auch die technischen Möglichkeiten, seine körperlichen und kognitiven Potenzen zu vergrößern.

Schon jetzt darf das Smartphone als die erste digitale

Hirn-Prothese angesehen werden, bei der derjenige als behindert gilt, der sie *nicht* hat. Und die Vernetzung von menschlichem Fleisch und Technik wird immer intimer werden. Jetzt sind es noch Herzschrittmacher, Computerchips im Auge, die Blinden die Sehkraft zurückgeben sollen, oder Cochlea-Implantate für Gehörlose, die Defizite kompensieren. Doch der nächste konsequente Schritt ist freilich, über die Wiederherstellung von verlorenen Potenzen hinauszugehen und sich zu *verbessern*. In jeder Hinsicht. Eine direkte Verbindung von Mensch und Computer gibt es heute erst in Ansätzen, wenn zum Beispiel vom Hals abwärts Querschnittsgelähmte direkt via Elektrode mit einem Computer verbunden sind, um ihn auf diese Weise zu dirigieren. Noch brauchen wir offenbar die Bemäntelung mildtätiger Hilfe für die Schwachen, um diese intime technische Aufrüstung des Menschen gut zu finden. Aber es ist klar, dass diese Entwicklung auf den Einbau eines »Smartphones« ins Gehirn hinausläuft. Wir werden zu Cyborgs. Wir sind die Borg! Widerstand ist zwecklos. Das aber wiederum soll uns dann die übermenschlichen Fähigkeiten, die wir uns derzeit nur in Romanen, im Computerspiel und im Kino erträumen oder herbeisimulieren, tatsächlich verleihen.

Das halten Sie für übertrieben? Das mag es auch sein, aber dennoch wird es allenthalben in der Wissenschaftsgemeinde diskutiert. Ein paar Beispiele: Der Biologe Paul Zachary Myers schreibt in einem Aufsatz: »Wir werden lernen, wie man das Gewebe des Menschen umprogrammieren kann, und schaffen damit neue Möglichkeiten für Repa-

ratur und Regeneration. Wir beschaffen uns die Hilfsmittel, mit denen wir die Form des Menschen stärker gestalten können ... eines Tages wird sie es uns erlauben, uns selbst neu zu gestalten, uns neue biologische Merkmale und Eigenschaften zuzulegen und uns vielleicht vollständig von den Begrenzungen der festgelegten Form eines aufrecht gehenden Primaten zu befreien« (zitiert in John Brockman [Hrsg.], »Welche Idee wird alles verändern?«, Frankfurt a.M. 2010). Hier wird von der Manipulation der Gene geträumt, von Verbesserung, von gesteuerter Evolution. Und nicht nur die nächste Generation soll Nutznießer des neuen Wissens werden. Durch Stammzellenforschung sollen uns neue Organe wachsen, wenn die alten verbraucht sind. Sogar eine Umprogrammierung der Gene, die die Alterung steuern, wird angedacht. Craig Venter, der gefühlte Sohn von Dr. Frankenstein, denkt gar gleich über die Erzeugung von völlig neuen Spezies nach.

Die andere, vielleicht sogar noch aussichtsreichere Art und Weise, das eigene Leben wenn schon nicht unendlich, so doch wenigstens sehr viel länger zu machen, besteht darin, den eigenen Geist in ein anderes, haltbareres Medium zu übertragen. Es ist ein weitverbreiteter Glaube unter Neurowissenschaftlern, dass ein Gehirn nicht notwendigerweise feucht zu sein hat. Es geht nur darum, ein Medium zu finden, das eine ähnlich hohe Komplexität bietet wie unser elektrochemisches Gehirn. Freilich bietet sich hier der Computer als Ersatz an. Denn laut dem Moore'schen Gesetz verdoppelt sich die Speicherkapazität der Schaltkreise alle 18 Monate bei Halbierung der Kosten. Irgendwann wäre

dann die Komplexität des menschlichen Gehirns erreicht, und man könnte wechseln. Der Neurowissenschaftler David Eagleman schreibt: »Schon lange bevor wir verstehen, wie ein Gehirn eigentlich funktioniert, werden wir ... in der Lage sein, seine Struktur (die des Geistes) digital zu kopieren und den bewussten Geist auf einen Computer herunterzuladen« (ebda.). Na, das wäre doch nett. Die Welt als totale Simulation, mit allen Möglichkeiten des Computerspiels.

Tatsächlich leben wir ja jetzt schon in einer »simulierten« Welt. In der Simulation unseres eigenen Geistes. Wir nehmen die Welt nicht direkt wahr, sondern nur die Konstruktion der Umwelt, die unser Gehirn liefert. Es gibt zum Beispiel keine Farben oder Töne, außer wir sehen beziehungsweise hören sie. Das Sehen und Hören von Farben und Tönen ist unsere Interpretation der Daten, die uns unsere Sinnesorgane liefern. Wie die Welt, aus der die Daten kommen, tatsächlich beschaffen ist, das können wir nicht wissen. Aber unsere »Simulation« der Welt, die sich im Laufe der Evolution entwickelt hat, ist offenbar so leistungsfähig und stimmt derart mit der tatsächlich hinter unserer Wahrnehmung stehenden Welt überein, dass wir bis jetzt in dieser Welt überleben und sie gestalten konnten. Aber ein Leben in einer bewusst erzeugten Simulation à la »Matrix« wäre denkbar. Und sie hätte jede Menge Vorteile. Denn als lebendes Programm verfügte man dort über gewisse Sonderrechte, weil man ja die Spielregeln selbst machen dürfte. Natur wäre sozusagen weitgehend ausgeschlossen. Man könnte im virtuellen Raum schweben und sagen: »Es werde Licht!«, und es würde Licht.

Der Informatiker Bart Kosko ist von dieser möglichen Möglichkeit so begeistert, dass er jedem Unglücklichen, der vor der Erreichung dieser neuen Daseinsform altmodisch zu entschlafen droht, empfiehlt, sein Gehirn gefriertrocknen zu lassen, damit es dann in naher Zukunft auf Festplatte übertragen werden kann, um dort für Jahrtausende vor sich hin zu hirnen. Empört schreibt Kosko: »Bisher werden nur ungefähr 100 Gehirne in Flüssigstickstoff aufbewahrt, und das in einer Welt, in der jeden Tag rund 150 000 Menschen sterben« (ebda.). Diese Irren, dabei könnte noch ein langes Leben auf einem haltbaren Speichermedium auf die Dahingeschiedenen warten. Sie könnten doch Vampire werden. Übermenschlich und zeitlos. Immer jung und nur mit ihren Gelüsten beschäftigt. Sicher, man weiß jetzt noch nicht, ob es überhaupt klappt, vielleicht ist ein gefriergetrocknetes Hirn auch nur das, was wir alle meinen – total endgültig tot. Aber wer weiß das schon sicher? Also, warum sollte man es nicht versuchen? So teuer ist die Hoffnung auf eine digitale Wiedergängerei gar nicht. Auch wenn die Kosten »durch die Stigmatisierung, die von den üblichen Miesmachern in Kirche und Bioethik ausgeht« (Kosko), vielleicht gar nicht so klein sind. Aber, sind Sie sich das nicht wert? Eine säkularisierte Hoffnung auf einen virtuellen Himmel?

Und darüber hinaus werden wir Mitteleuropäer wahrscheinlich auch noch am ehesten die Nutznießer des Klimawandels sein. In den gemäßigten Breiten wird es wärmer. Sicher wird es deswegen auch bei uns, wie überall, extremere Wetterereignisse geben, dafür aber auch größere

Ernten. Und das, während die Welt insgesamt gesehen in eine umfassende Nahrungsmittelkrise steuert. Was die unmäßigen Bewohner der gemäßigten Zone aber wiederum noch mächtiger und noch reicher machen wird. Ich bleibe dabei: Wir sind die Vampire, oder vielleicht sollte man besser sagen, wir nähern uns asymptotisch dem Vampir-Dasein. Und wir wollen es auch so. Immerhin gehen da doch – wie wir gesehen haben – etliche Wunschträume in Erfüllung. Gesundheit, ewige Jugend, Macht. Wer will das nicht? Bald schon könnten wir all das haben, und in noch viel größerem Ausmaß als je zuvor. Zumindest einige von uns. Könnte sein. Vielleicht aber werden wir deswegen etwas anderes einbüßen. Der amerikanische Philosoph Daniel Dennett schreibt in einem Aufsatz: »Wenn man nicht mehr essen muss, um am Leben zu bleiben, wenn man sich nicht mehr fortpflanzen muss, um Nachkommen zu haben, wenn man sich nicht mehr fortbewegen muss, um ein abenteuerliches Leben zu führen, und wenn die verbliebenen Instinkte für solche Tätigkeiten einfach mit genetischen Kunstgriffen ausgeschaltet werden, bleiben keine Konstanten der menschlichen Natur mehr übrig« (ebda.). Herr Dennett, an sich ein glühender Verfechter dieser schönen neuen Welt, fügt freilich noch an: »Außer vielleicht unsere unerschöpfliche Neugier.« Aber es wird schon klar, was genau hier auf dem Spiel steht. Die Menschlichkeit an sich. Die wird von den Übermenschen nicht mehr gebraucht.

Wenn die Evolution das Paradigma des Daseins wird, dann hat die Moral ausgedient. Die Biologie übernimmt, und die befindet sich jenseits von Gut und Böse. Nur: Wehe

den Schwachen. Die werden unsentimental und ohne Schuldgefühle ausgemendelt. Aber noch etwas anderes als die Moral steht auf dem Spiel.

Was?

Nun, unsere »Seele«. Was sonst?

Für die Seele sieht es gar nicht gut aus. Aber dazu später mehr.

Zunächst einmal wollen wir uns fragen, was wird denn, sollte diese Entwicklung in Richtung Vampir-Dasein bei uns wirklich weitergehen, aus dem Rest der Welt? Oder was wird aus den immer jungen, megamächtigen Cyborgs und den trockenen Festplattenbewohnern, wenn der Strom ausfällt? Sie ahnen es ...

Die Bedrohung durch Zombies

Zombies stehen für die andere großformatige Entwicklung, auf die wir zusteuern: den totalen Zusammenbruch des Sozialen. Lange hatten Zombies eine andere Funktion. Der Begriff kommt ursprünglich aus dem Voodoo-Glauben Haitis und bezeichnet eine lebende Leiche, über die der Voodoo-Priester absolute Macht hat. Diese exotische Gruselgeschichte aber hat sich nicht im Kanon der neuzeitlichen Horrorsagas verankern können. Die Zombies sind zu etwas gänzlich anderem mutiert. Auch der Zombie hat sich – wie der Vampir – im Lauf der Jahre total verändert.

Genealogisch lässt sich die Figur des modernen Zombies interessanterweise auf einen Vampir-Roman zurückführen:

auf »I am Legend« (dt. »Ich, der letzte Mensch«), von Richard Matheson aus dem Jahr 1954. Die Hauptfigur Robert Neville ist der letzte verbliebene Mensch in einer Welt der Vampire. Der Vampirismus wird hier über einen Virus verbreitet. (Diese Idee der viralen Infektion mit dem Bösen wird für die Vampir-Geschichten und für die Zombie-Filme im Folgenden bestimmend bleiben.) Robert hat sich in seinem Haus verbarrikadiert. Tagsüber fährt er durch das menschenleere Los Angeles der 1970er-Jahre, um sich mit Lebensmitteln zu versorgen und den ein oder anderen schlafenden Vampir zur Strecke zu bringen. Der weitere Verlauf der Handlung ist für unsere Überlegungen nicht so wichtig; eine kurze Skizze genügt. Neville versucht eine Heilung für die Vampire zu finden, was misslingt. Schlussendlich findet er eine Frau, die wie er bei Tageslicht unterwegs sein kann und deswegen offenbar nicht vom Vampir-Virus verseucht ist. Doch Neville täuscht sich. Die Frau ist infiziert. Sie hat jedoch eine Pille gefunden, die es ihr möglich macht, die Vampir-Erkrankung einzudämmen. Am Ende ist Neville tatsächlich der letzte Mensch. Die Evolution geht über ihn hinweg. Er erkennt, dass er selbst der andere, der Außenseiter, der Feind ist. Die Mehrheit bestimmt, was normal ist, und inzwischen ist es eben normal, ein Vampir zu sein. Neville stirbt.

Was wird nun in dieser trashigen Geschichte tatsächlich verhandelt? Wofür stehen die Vampire? Lauschen wir einem inneren Monolog der Hauptfigur, die über ihre Todfeinde nachgrübelt: »Vielleicht ist es die Schuld eines Vampirs, wenn einem das Herz hämmert oder sich einem die

Haare aufstellen. Aber ist er schlimmer als die Eltern, die der Gesellschaft ein neurotisches Kind schenkten, das zum Politiker wurde? Ist er schlimmer als der Fabrikant, der eine Stiftung mit dem Geld errichtete, das er mit Waffenlieferungen an selbstmörderische Nationalisten erwarb? ... – ist der Vampir wirklich so schlimm? Er trinkt doch nur Blut. Weshalb also dieses unduldsame Vorurteil? Weshalb kann der Vampir nicht leben, wo es ihm gefällt? Warum muss er sich in Verstecken verkriechen, wo ihn keiner finden kann? Weshalb wollt ihr ihn vernichten? Seht ihr, ihr habt den arglosen Unschuldigen zum gehetzten Tier gemacht. Man gibt ihm keine Möglichkeit, für seinen Unterhalt zu sorgen, für eine anständige Ausbildung, er hat kein Stimmrecht. Kein Wunder, dass er zum nächtlichen Raubtier wird. ... Alles schön und gut, sagte er zu seinen Argumenten, aber würdest du deine Schwester einen heiraten lassen?« Also jetzt mal davon abgesehen, dass das doch recht mittelmäßige Literatur ist, ein paar Begriffe lassen aufhorchen: »Vorurteil«? Vampire haben »kein Stimmrecht«? Keine »anständige Ausbildung«? Und was ist, wenn so einer deine »Schwester ... heiraten« will? Schnell wird klar: Der Vampir steht für den »Neger«. Die Angstfigur für den Amerikaner der 1950er-Jahre. Auch damals konnten die Soziologen schon erkennen, dass die Schwarzen mehr Nachkommen zeugten als die weiße Bilderbuchfamilie mit den beiden blonden Kindern Jimmy und Jane. (Der Hund hieß Lassie.) Die Angst, die unterdrückte Minderheit der Schwarzen, die erstens so klein gar nicht war und sich zweitens rascher vermehrte als die Mehrheit, könne sich irgendwann gegen ihre

Knechtung erheben und die artigen Gartenzäune des Mittelstands einreißen, war Ursprung wachsender Paranoia.

Was ist mit dem Virus? Man infiziert sich mit dem Negertum, indem man ein »Nigger-Freund« wird. Ein Liberaler. Ein Bürgerrechtler. Das scheint auch die Funktion der Frau zu sein, der Neville schließlich begegnet. Auch sie ist zwar ein Vampir, kann aber zunächst nicht als solcher erkannt werden. Sie ist die Vorbotin einer neuen Herrenrasse. Neville, der letzte Spross der ehemaligen Herrenrasse, muss sterbend einsehen, dass er nun der Außenseiter, der Feind ist. Er wird zur Legende.

Diese Geschichte wurde durch ihre erste Verfilmung, mit Charlton Heston in der Hauptrolle (»Der Omega-Mann«, 1971), zum Vorbild für die folgenden Zombie-Filme. Die bestimmenden Grundbilder sind: das Eingeschlossensein der letzten »beseelten« Menschen, die von Untoten umzingelt sind. Die leere, nutzlose Stadt. Und die virale Infektion mit ungezügelter Gewalttätigkeit. Schon »Die Nacht der lebenden Toten« von George Romero (1968) zeigte, wohin die Reise geht. Die Zombies gehen um und überfallen ihre Ex-Mitmenschen, um sie zu fressen. Hierin steckt schon der erste Hinweis auf die wahre Bedeutung des Zombie-Genres: Die Untoten essen einander nicht. Nur die noch Lebenden. Die Zombies sind also immer die anderen. Mit ihnen kann man sich, im Gegensatz zu den Vampiren, auf keinen Fall identifizieren. Denn würden sie sich gegenseitig fressen, hätten die wenigen Beseelten eine Überlebenschance. Sie könnten abwarten, bis die Zombies sich gegenseitig ausgelöscht hätten. Aber erstens käme so keine sinnvolle

Handlung zustande, und zweitens hätten sich die Zombies, wäre ihr Fleisch noch begehrenswert, noch einen Rest an *Wert* bewahrt. Doch sie sind die total Wertlosen.

Romeros »Die Nacht der lebenden Toten 2« (1978) spielt in einem Einkaufszentrum. Hier haben sich die letzten Überlebenden vor den Zombies in Sicherheit gebracht. Jetzt haben sie also erst einmal ein wenig Spaß mit all den nun kostenfrei zugänglichen Konsumgütern. Doch retten kann sie das nicht. Schließlich müssen sie einen Ausbruch wagen, der in einer Orgie der Gewalt mündet. Wohlgemerkt aber in hauptsächlich vollkommen schuldgefühlfreier Gewalt gegen Zombies. Ex-Menschen. Menschenrudimente, mit denen man kein Mitgefühl zu haben braucht. Romero meinte damals, die Tatsache, dass er seine Horrorgeschichte im Einkaufszentrum ansiedelt, mache seine implizite Kapitalismuskritik klar. Nach dem Motto: Was nützt dir, oh Mensch, all dein Konsumplunder, wenn du von Zombies umzingelt bist? Der katholische »film-dienst« aber riet vom Kinobesuch ab mit der Begründung, die Zombies seien als die unterprivilegierten Massen zu sehen, die eben keinen Zugang zu Konsumgütern haben. Ihr genealogischer Ursprung, der sich, wie gezeigt, auf die vermeintliche Bedrohung durch die Schwarzen in den 1950er-Jahren zurückführen lässt, stützt diese Deutung. Diese Unterprivilegierten deswegen gleich zynisch und lustvoll hinzuschlachten fand man nicht christlich. Ich tendiere durchaus dazu, der Deutung des katholischen »film-diensts« recht zu geben. Die Zombies sind die anderen. Die, die es nicht geschafft haben, im Wettkampf des kapitalistischen Systems ihre Iden-

tität als Konsumenten zu behaupten. Die Mehrheit. Nicht die Mehrheit in unserer Lebenswelt. Aber die Mehrheit der Menschheit global gesehen.

Der Zombie ist also auf der einen Seite, ähnlich wie in Mathesons Geschichte, Ausdruck der Angst, die Unterdrückten könnten sich gegen uns erheben. Auf der anderen Seite ist der moderne Zombie-Film weiterhin Ausdruck einer noch schlimmeren Angst: Wir könnten Teil dieser Mehrheit der Menschheit werden. Wenn der Strom, der unser Luxusleben möglich macht, einmal ausfällt. Wenn also ganz radikal der Strom ausfällt, was ist dann? Wenn die Regale in den Supermärkten plötzlich leer sind? Wenn kein Wasser mehr aus den Leitungen kommt? Dann wird es schnell hobbes'sch. Dann ist nach Thomas Hobbes (geboren 1588) jeder seines Nächsten Wolf. Der Zombie-Film findet Bilder für die verwilderte Masse von Egoisten, die durch das Ende einer Zivilisation entsteht. Eine Masse, die auf ihren primitiven Fresstrieb reduziert ist.

Die Zombies verkörpern, was wir werden, wenn alle sozialen Bande und Vereinbarungen aufgelöst worden sind. Wie zum Beispiel beim totalen Zusammenbruch der Zivilisation auf den Osterinseln. Der dort gängige Fluch, nachdem Hunger, Krieg und ausufernde Grausamkeit alle Regeln außer Kraft gesetzt hatten, lautete: »Das Fleisch deiner Mutter hängt zwischen meinen Zähnen.« Wer so etwas sagt, hat sich das Zähneputzen längst abgewöhnt. Das ist die sinnentleerte Grausamkeit, die auch der amerikanische Künstler Paul McCarthy in seiner umstrittenen Ausstellung »LaLa Land – Parodie Paradies« gezeigt hatte. McCarthy

zeigt die Brutalität der Landnahme: das, was passiert, bevor die Zivilisation in ein Gebiet kommt, wenn zunächst in einem anarchischen Zwischenstadium Gewaltexzesse regieren. Und wie bei den Zombies ist die Brutalität total, die Grausamkeit maßlos und sinnlos, sie ist nicht mal mehr sadistisch. Niemand hat Freude an der Gewalt, nicht mal der Täter. Es ist eine hoffnungslose, abgestumpfte sinnentleerte Gewalt, ohne Hoffnung auf Gnade oder die Möglichkeit der Verhandlung. Wir tragen so einen Zustand in uns, jeder von uns, und wir wissen es, aber wir wollen mit diesem Daseinszustand lieber nicht bekannt werden. Er ist von Zivilisation bedeckt und von unserem Traum, wir hätten eine Seele. Die Zombies aber haben diesen Traum aufgeben müssen. Das Gruselige an ihnen ist ihre menschliche Gestalt. Sie tragen banale Alltagssachen, die sie immer noch als ganz gewöhnliche *beseelte* Menschen zeigen, als Briefträger, Bankangestellte und Passanten. Doch in ihrem sinnlosen, stumpfen und doch exzessiven Zustand ist diese Erinnerung an ihr früheres Leben nur noch furchtbar.

Sie sind totale Egoisten des bloßen Noch-am-Leben-Seins.

Das andere Zeichen dafür, dass die Zivilisation zusammengebrochen ist, ist das Bild der »leeren Stadt«, das in keinem Zombie-Film fehlt. Immer werden mehr oder weniger verwüstete Straßenzüge gezeigt, die nun, nach dem Ausbruch der Zombie-Krise, menschenleer sind. Die leere Stadt ist deswegen so unheimlich, weil all die Objekte von Status, Technik und Zivilisation jetzt ihren Sinn verloren haben. Sie sind einfach nur noch da. Bloße Existenz. Eine

Endlich keine Staus mehr.

Stadt ohne Menschen wird an die Natur zurückgegeben. Man sieht, dass in der leeren Stadt die Evolution wieder einen anderen Pfad einschlägt. Einen ohne Bewusstsein. Das ist auch befreiend, aber doch überwiegend beunruhigend, weil wir sehen, dass eine Stadt ohne uns sinnlos ist. Und es kommt das Gefühl auf, sie könnte es auch mit uns drin sein. Nur wir merken es nicht.

Das ist überhaupt der wahre Horror, der von Zombie-Filmen ausgeht. Die nutzlose Brutalität, die an sich gar keine Bedeutung mehr hat, weil keiner mehr da ist, der ihr Bedeutung geben könnte. Die Zombies merken ja nicht,

dass das, was sie anrichten, schlimm ist. Sie sind jenseits von Gut und Böse. Die letzten Menschen aber, mit denen wir Zuschauer uns identifizieren müssen, werden reduziert auf den bloßen Kampf ums Überleben. Alle moralischen Verbindlichkeiten werden nach und nach drangegeben, um diesem Ziel zu entsprechen. In jedem Zombie-Film wird man eine Figur den Satz sagen hören: »Es geht ums Überleben.« Das treibt uns an. Die Handelnden werden auf ihre Biologie reduziert. Doch wenn die Zivilisation versagt hat, stellt sich implizit immer die Frage: Überleben? Warum? Für was? Denn am Ende gibt es keine Hoffnung.

Ist das nun das Ende?

Ach was, die Welt geht noch lange nicht unter. Wer braucht schon Zivilisation? Keine dieser beiden gerade analysierten Zukünfte mit ihren Versprechungen (Vampire) beziehungsweise ihren Drohungen (Zombies) wird so total eintreffen. Aber beide vielleicht ein wenig. Sie werden sich vielleicht sogar überlappen. Während die Vampir-Zukunft sich noch ein wenig eher dort realisieren wird, wo man es schafft, die Dynamik der modernen Zivilisation am Laufen zu halten, wird an Stellen, an denen der Strom ausfällt, sich wohl eher die Zombie-Zukunft verwirklichen. Beide Zukunftsvisionen, sowohl die utopische als auch die antiutopische, stellen keine wirklichen Endpunkte dar. Zumindest nicht notwendigerweise.

Schon öfter ist in der Geschichte der Menschheit die Zi-

vilisation zusammengebrochen, und es gab anarchische Übergangszustände voller Gewalt und Bestialität, bis sich die Zivilisation wieder auf einem niedrigeren Komplexitätslevel konsolidierte. Mindestens einmal muss die Menschheit schon fast ausgestorben sein, das lässt sich genetisch nachweisen. Alle sieben Milliarden Erdenbürger sind so nah miteinander verwandt, dass ihre DNA fast die gleiche ist. Die menschliche Weltbevölkerung muss also auf nur etwa 2000 Individuen reduziert worden sein. Vermutlich in prähistorischer Zeit, als die Umwelt unserer Vorfahren durch den Ausbruch eines Supervulkans ordentlich gebeutelt wurde. Aber auch später gab es kein ständiges »bergauf« in der Entwicklung der Menschen. Nur ein Beispiel: Im 4. Jahrhundert hat Rom noch fast eine Million Einwohner und ist neben Konstantinopel die zentrale Weltmetropole der westlichen Zivilisation. Einige Generationen später hat Rom noch einige Tausend Einwohner, und ein Großteil des zivilisatorischen Wissens (Architektur, Philosophie, Staatskunst etc.) ist verloren. Es wird erst in der Renaissance, fast 1000 Jahre später, wiederentdeckt werden.

Die Zombie-Zukunft stellt also nicht unbedingt einen Endpunkt dar. Obwohl das Ende wie immer möglich ist (siehe Kapitel »Weltuntergang – wann klappt's denn endlich?«) – ein totaler Atomkrieg zum Beispiel wäre immer noch machbar und könnte die Biosphäre dergestalt veröden, dass menschliches Leben von der Erde verschwindet. In unserer hochkomplexen Zivilisation könnte sogar schon ein regional begrenzter Atomkrieg ausreichen, um

das Klima so zu verändern, dass durch das darauffolgende Chaos keiner übrig bleibt, um die Toten zu beweinen.

Ebenso würde die Vampir-Utopie keinen vollkommenen Endpunkt darstellen. Nur einen Endpunkt dessen, was wir bislang als »menschlich« bezeichnet haben. Sollte es tatsächlich gelingen, durch den Einsatz von Nano-, Neuro- und Biotechnologien die Träume der Menschheit nach Allmacht und ewiger Jugend zu realisieren, dann würden wir damit den Bereich des »Transhumanen« betreten. Eine neue Stufe der Komplexität in der Evolution, in der allerdings die bisherigen Paradigmen des nur »humanen« Miteinanders keine Bedeutung mehr hätten.

Die beiden vorläufigen »Endpunkte« der historischen Aggregatzustände der Menschheit, die durch die Zombies und die Vampire bezeichnet werden, sind intensiv verbunden mit den Grundregeln der Biologie. In einem Fall mit einem evolutiven »Aufstieg« hin zu einer größeren Komplexität, im anderen Fall mit einem »Abstieg« hin zu einer geringeren Komplexität. Aufstieg und Abstieg sind deswegen in Anführungszeichen gesetzt, weil das Begriffe sind, die innerhalb des Mechanismus, der Evolution genannt wird, keine Bedeutung haben. Die Bedeutung verleihen nur wir ihnen, und das auch nur von unserer derzeitigen Position in der Zeit aus. Es sind relative Begriffe, die eine Hierarchie beschreiben, die es so nur aus unserem Blickwinkel gibt. In einer Zombie-Zukunft würden die Zombies die Vergangenheit nicht vermissen, weil eines ihrer Wesensmerkmale ist, dass sie sich nicht an die Vergangenheit erinnern können. Und auch die Kultur vergisst schnell. Schon

die nächste Generation nach dem totalen Zusammenbruch würde nichts anderes kennen als die verhunzte Welt, in der sie lebt. Und wenn man in eine bestimmte Umwelt hineingeboren worden ist, dann war diese Umwelt für die eigene Wahrnehmung »schon immer so«. Also würde niemand etwas vermissen. Nur die verbliebenen »letzten Menschen« in den Zombie-Filmen, die, die sich noch nicht an das neue Leben angepasst haben, die vermissen die Vergangenheit, als es noch Duschen gab und richtiges Essen.

Durch dieses Verwiesensein auf die Biologie stellt sich in beiden möglichen – wie sagt man das? – Radikalzukünften die Sinnfrage. Warum noch weitermachen? In seinem Roman »Die Straße« lotet Cormac McCarthy das aus, was ich als den Boden der Zombie-Zukunft bezeichnen würde. Ein Vater geht mit seinem Sohn durch ein völlig verwüstetes Amerika, ständig auf der Hut vor Kannibalen, ständig auf der Suche nach Schutz, Trinkwasser und Nahrung. Alle anderen Erwartungen an das Leben sind absurd geworden. Eigentlich wollen beide nur sterben. Doch der Vater bleibt für seinen Sohn am Leben, der Sohn wiederum für den geliebten Vater. Die Welt außerhalb dieser Beziehung ist ein Albtraum. Und da Vater und Sohn nur diese wechselseitige Liebe im Dasein hält, wird auch diese Liebe letztlich zur Absurdität. Zu einer anachronistischen Absurdität in einer Welt, die auf die biologische Grundkonstante des Überlebens reduziert ist. Das Leben, so wie wir es verstehen, fängt eben erst dann an, wenn das Überleben kein Problem mehr oder zumindest nicht mehr das vorrangige Problem darstellt. Ist man aber *einzig* auf das Problem des Überlebens fixiert und jegliche Zivilisa-

tionshoffung erodiert, dann wird das Leben wieder zu einem *rein* materiellen Problem. Die Ausschließlichkeit des Materiellen wiederum bedeutet, dass man die meisten der höheren Funktionen, zu denen unser Geist fähig ist, nicht zu nutzen braucht. Ja, mehr noch. Ihre Nutzung stellt eine Gefahr für das Überleben dar. Solidarität, Liebe, Genuss – all das stellt in der Welt, die McCarthy beschreibt, eine Bedrohung für das in ständiger Gefahr befindliche Überleben dar. Das aber wiederum bedeutet, dass die Sinnproduktion, die ja ansonsten unser Leben ausmacht, eingestellt oder zumindest sehr stark zurückgefahren werden muss. Oder anders gesagt: Wenn die Komplexität der Umwelt, hier besonders auch der sozialen Umwelt, sich sehr stark vereinfacht hat, ist es sinnvoll für das Gehirn, sich anzupassen, ebenfalls die Komplexität zu reduzieren und die meisten »geistigen« Optionen brachliegen zu lassen. Das Leben in einer solchen Welt würde also, besonders von den dort Erfolgreichen, extrem sinnlos *vollzogen* werden. Sinn würde vielleicht gar nicht mehr wahrgenommen werden. Denn auch die Wahrnehmung müsste reduziert werden, besonders die Wahrnehmung eines Mangels an Sinnhaftigkeit. Die wäre ja ein Überlebenshemmnis. Komplexere soziale Formen würden sich erst ganz langsam mit der Zeit wieder neu bilden. Ausbleiben würden sie nicht, weil gerade in einer solchen Umwelt Menschen auf die Gruppe angewiesen wären und eine Gruppe wiederum auf Regeln. Es würde also wieder mit der Kulturproduktion begonnen werden. Aber eben auf niedrigstem Niveau. Freilich gilt das eben Gesagte in dieser Schärfe nur für diese von einem Autor ausgedachte radikale Zukunft. So radikal würde

es wohl in Wirklichkeit nicht werden, oder wenn doch, dann zumindest nicht überall. Oder nicht überall gleichzeitig.

Die »Menschen« der Vampir-Zukunft, wenn man die dann noch so nennen kann, müssen sich ebenfalls der Sinnfrage stellen. Ihnen ist ja tatsächlich jede Daseinsherausforderung zunächst einmal abhandengekommen. Sie müssen für ihr Überleben nicht mehr kämpfen. Sie haben keine Feinde, also auch keine Ängste mehr, ihre Reproduktion hat sich total von der Sexualität abgekoppelt. Auch sie müssen sich also nun fragen: Warum bin ich da? Eine Frage ohne Antwort. Besonders dann, wenn man mit dem Problem der Unsterblichkeit konfrontiert wird. Nicht, dass Sie glauben, ich meinte, es würde jemals so weit kommen. Aber lassen Sie mich dennoch einmal versuchen zu umreißen, welches Problem das wäre.

Ich denke, das Problem bei der Unsterblichkeit wäre so, als würde man immer wieder den gleichen Satz lesen, als würde man immer wieder den gleichen Satz lesen, als würde man immer wieder den gleichen Satz lesen, als würde man immer wieder den gleichen Satz lesen, als würde man immer wieder den gleichen Satz lesen, als würde man immer wieder den gleichen Satz lesen, als würde man immer wieder den gleichen Satz lesen, als würde man immer wieder den gleichen Satz lesen als würde man immer wieder den gleichen Satz lesen als würde man immer wieder den gleichen Satz lesen als würde man immer wieder den gleichen Satz lesen als würde man immer wieder den gleichen Satz lesen als würde man immer wieder den gleichen Satz lesen als würde man immer wieder den gleichen Satz le-

sen als würde man immer wieder den gleichen Satz lesen – nervt was?

Warum die Ewigkeit so sein sollte? Nun, tatsächlich lässt

sich sagen: Nach dem, was wir bislang über unser Universum zu wissen glauben, ist die Materie endlich. Was wiederum bedeutet, dass die Information, die im Kosmos vorliegt, also das, was überhaupt zu »lesen« wäre, endlich ist. Es wäre also ein langer Satz, der zu lesen ist, aber ein Satz. Gut, ein sehr langer Satz. Aber eben *endlich*. Die Zeit jedoch ist, wie es derzeit scheint, unendlich. Zwar hat sie einen Anfang, im sogenannten Urknall, aber kein Ende. Der Kosmos ist zu leicht, um wieder in seinen Ausgangszustand zurückzufallen, und wird sich, wenn die Kosmologen recht behalten (was zum Glück nie jemand herausfinden wird), endlos in die Zukunft ausdehnen. Also steht ein endlicher Satz, also eine endliche Information, einer unendlichen Zeit gegenüber. Falls es tatsächlich einen Gott geben sollte und er (oder sie) ist wie unsereiner, also er/sie verfügt über ein Bewusstsein wie wir, dann bemitleiden Sie ihn/sie. Er/sie ist in der Hölle dieses endlichen Satzes der sinnlosen Ewigkeit ausgesetzt. Denn Sinn ergibt sich nur über die Erfahrung der Endlichkeit. Weil Sinn nur über Emotionen entsteht. Emotionen aber sind an die Endlichkeit gekoppelt. Gefühle sind an die Konstanten der Endlichkeit gebunden, an Sex und Tod. Lust- und Unlustgefühle sind homöostatische Kontrollmechanismen, die die Evolution hervorgebracht hat, um uns im Dasein zu halten. Den Tod gilt es zu vermeiden. Sex soll man suchen, um seine Gene und dann in der Folge seine Erfahrungen an seine Brut weiterzugeben. Fallen diese beiden Motivationen weg, entfällt letzten Endes auch der Sinn. Das wäre jetzt schon eine ironische Reise gewesen, wenn die Menschheit es tatsächlich

schaffen sollte, am Ziel all ihrer Wünsche von Allmacht und Ewigkeit anzukommen, und sei es modifiziert als Computer-Neuro-Cyborgs, nur um dort dann festzustellen, dass die Reise direkt in die Sinnlosigkeit führt.

Falls Ihnen das zu abstrakt gewesen ist, dann versuche ich meine Gedanken noch einmal auf eine andere Art zu erläutern: Vor ein paar Jahren habe ich im Fernsehen einen Herrn gesehen, den man vielleicht als so eine Art Metagynäkologen bezeichnen könnte. Der Herr Professor (ich glaube zumindest, es war einer, vielleicht auch nur Doktor) stand in seinem Labor und verkündete stolz, er könne schon bald die gesamte Ontogenese des Embryos extrauterin vornehmen. Ich für meinen Teil dachte mir, das ist ja fein, aber wozu braucht man das? Um Kinder zu gebären, hat doch die Evolution den Frauen schon vor Abermillionen Jahren die dazu geeignete Apparatur in den Unterleib praktiziert. Also, was will der Mann? Wie es schien, wollte er ein technisches Problem lösen. Weil es eben da war. Also ein ähnlicher Grund, der Reinhold Messner auf einen Berg steigen lässt: »Weil er da ist.«

Und warum will man die Reproduktion menschlichen Lebens vom Uterus der Frauen in ein Labor verpflanzen? Weil es eben geht. Und vielleicht, um die Kontrolle darüber zu bekommen? Kann auch sein. Oder weil Männer immer schon unbewusst eifersüchtig auf die reproduktiven Fähigkeiten der Frauen waren und nur deswegen Kriege, Kunst und Wissenschaften mit solchem Eifer betrieben haben, um ihre Impotenz auf dem Feld der Produktion des menschlichen Lebens zu kaschieren oder zu sublimieren? Kann auch sein.

Die wichtigere Frage aber scheint mir: Was hat der Herr im Labor da gemacht? (Ob er es inzwischen geschafft hat, weiß ich übrigens gar nicht genau, und ich bin unsicher, ob ich es erfahren will.)

Was hat er gemacht, wenn er es tatsächlich hinbekommen hat (hätte)?

Er hat die Frauen auf Eizell-Spenderinnen reduziert und damit als Geschlecht quasi abgeschafft. Damit aber auch die Männer, die auf Samenproduzenten reduziert werden können. Das Geschlecht wird dadurch in seiner identitätsstiftenden Bedeutung geschwächt, jetzt ist unser Gender frei wählbar. Und? Ist damit dann auch die Sexualität abgeschafft? Das könnte sich zunächst für viele recht erfreulich anhören, war doch das schweißtreibende und mitunter peinliche Rumgemache sowieso nicht unbedingt etwas, worauf wir immer stolz gewesen waren. Aber erst durch die »Erfindung« der Sexualität im Verlauf der Evolution entsteht die Vielfalt, das Kreative, das über das Notwendige Hinausgehende. Vor der sexuellen Reproduktion war der Planet mit ödem Schleimzeug überzogen. Einzeller, die sich fressen und dann teilen, oder gefressen werden und dann nicht mehr teilen, sondern verdaut werden. Das war's. Zwei Milliarden Jahre lang Langeweile. Und dann kam der Sex.

Sicher, man könnte einwenden, dass man nicht zwei Geschlechter braucht, um guten, »sinnvollen« Sex zu haben. (Oft hören sich die Biologen und der Vatikan da schon recht ähnlich an.) Man denke nur an den Sex von Homosexuellen. Ist ja auch lustvoll und damit sinnvoll. Denn der Sinn von Sex muss ja nicht die Reproduktion von Leben sein.

Und tatsächlich ist er das auch fast nie. Auch bei Heteros nicht. Es geht bei Sex um Lust, Geilheit, Macht, Geben und Nehmen, Dominanz und Unterwerfung. Spielen. Harmonie. Die Illusion der Erfüllung von Phantasien. So Sachen. Dass dabei auch Kinder herauskommen, ist sogar oft eher eine mitunter unerfreuliche Überraschung für die Akteure. Da war man mal nett vögeln, und schon ist wer schwanger.

Ärgerlich.

Nur, in einer Welt, die auf das Geschlecht nicht mehr angewiesen ist, würde die Basis, »der Trieb«, wenn schon nicht verloren gehen, dann doch zumindest eine radikale Veränderung erfahren. Wieder ein Bereich des Daseins, der in den Möglichkeitsraum übergeht. Man könnte also in einer solchen angenommenen Zukunft dieses oder jenes Geschlecht annehmen. Auch mal wechseln. Freilich könnte das lustig sein. Vielleicht würde dann auch der schon eine gefühlte Ewigkeit tobende Geschlechterkrieg ein Ende finden.

Aber es gäbe keine Kinder mehr. Oder doch zumindest deutlich weniger, denn alle Plätze wären ja von den Langlebigen besetzt. Doch ohne die Pflicht, Kindern bei ihrer Personwerdung beizustehen, gäbe es auch keinen Grund mehr, wirklich erwachsen zu werden. Man müsste sich nicht entwickeln. Sicher, man könnte. Aber mal ehrlich, wer tut schon freiwillig etwas wirklich Anstrengendes?

Und genau diese Entwicklung der Nicht-Entwicklung entwickelt sich ja seit Langem in der »entwickelten Welt«. Viele haben deutlich lieber einen Hund statt ein Kind, denn Hunde bleiben »Kleinkinder«. Sie entwickeln sich nur so

minimal, dass sie ihren Besitzern keine große Veränderung aufzwingen. Im Gegensatz zu echten Kindern. Doch eine Gesellschaft mit einem statischen Bewusstsein, bis ins letzte Ganglion von Narzissmus erfüllt, die dann auch nicht stirbt, die muss sich darauf vorbereiten, den Raum der totalen Sinnlosigkeit zu betreten.

Schön, oder?

Vielleicht ist das ja sogar der Grund, warum wir keinen Kontakt zu uns überlegenen außerirdischen Intelligenzen aufnehmen können. Es gibt keine, weil jede Zivilisation, die es geschafft hat, sich wirklich durch den Flaschenhals von Energiekrise, Bevölkerungswachstum und brandgefährlicher unverstandener Technologie, der uns jetzt bevorsteht, hindurch zu entwickeln, jede Entwicklung eingestellt hat, weil danach nur noch das Nichts kommt. Das wäre ja dumm.

(Anmerkung: Vielleicht reden aber auch keine Außerirdischen mit uns, falls sich die oben angedeutete Zukunft des downgeloadeten Daseins auf der Festplatte schon verwirklicht hat, weil sie nur noch mit sich selbst beschäftigt sind.)

SCHLUSS

Und jetzt?

Die Frage ist nun also, was ist mit diesen »Erkenntnissen«, die ich hier bislang für Sie im Angebot hatte, anzufangen? Nun, mein Blick auf die Welt ist der des Humoristen. Was aber tut er nun, dieser Humor? Wofür ist er gut? Humor schafft Distanz. Man sieht die Welt mit Abstand, ein nicht enden wollendes Gewusel aus Schubsen und Geschubstwerden, und man muss über die sinnlosen Bemühungen um Selbstbehauptung der Schubsenden und Geschubsten grinsen. Auch und besonders über sich selbst. Diese Distanz aber, die der Blick des Humors verleiht, verhilft einem nicht zu einer sicheren Position. Denn es ist ja nur der Blick, der auf Abstand geht. Der Körper aber verweilt unterdessen in der Gefahrenzone des Sozialen. Der humoristische Abstand schützt also nur den imaginären Raum des fiktiven eigenen »Selbst«. Doch immer ist ihm die prekäre Lage des Materiekörpers und dessen Fragilität bewusst.

Das Fatalistische der humoristischen Lebenshaltung aber schreckt ab. Denn der Blick des Humoristen weiß zwar um die ständige Veränderung der Welt, doch ebenso weiß er, dass er sie nicht bewirkt. Wir bewegen nicht die Welt, sondern wir werden von der Welt bewegt, lautet das Credo des

Komikers. Eine Revolution ist mit so einer Geisteshaltung nicht möglich. Oder wenn doch, dann nur unter dem guten alten Sponti-Motto: »Du hast keine Chance – nutze sie!«

Kein Wunder, dass in allen Gesellschaften, in denen das erste erklärte Ziel die Beglückung derselben mittels Hervorbringung eines »neuen Menschen« war, die Humoristen von der Bildfläche verschwunden sind. Der Humor lähmt das revolutionäre Pathos, weil er vom Imperativ des »Nicht-Gelingens« ausgeht.

An ihre Grenzen aber gerät diese Haltung freilich, wenn sie mit schmerzhaftem existenziellem Leid konfrontiert wird. Wird man Zeuge von Ungerechtigkeit und Grausamkeit – und wie sollte man das im Medienzeitalter vermeiden? –, dann wird der Witz schal. Oder man muss sich in die weinerliche Haltung des Zynikers flüchten.

Dennoch bin ich der Überzeugung, dass die humoristische Haltung ein geeignetes Instrumentarium bereithält, um auf das Problem des Daseins zu reagieren. Denken wir an dieser Stelle kurz an Marx. Freilich sollte man generell länger über Marx nachdenken, aber hier genügt kurz.

Karl Marx hatte in »Das Kapital« seine soziale Umwelt aufschlussreich und kundig analysiert. Doch als er des Leids der geknechteten Arbeiterschaft ansichtig wurde, genügte ihm, ganz der emphatische Mitmensch, diese Analyse nicht mehr. Er prägte den Satz: »Die Philosophen haben die Welt nur verschieden interpretiert, es kommt aber darauf an, sie zu verändern.« Damit aber widersprach er seinem Grundprogramm, das ihm seine Analyse erst ermöglicht hatte und das vorhersagte, dass sich die gesellschaftlichen Verände-

rungen nicht durch Revolution, sondern durch einen evolutiven Prozess »von selbst« einstellen würden.

Doch Marx will Revolutionär sein, um sich besser zu fühlen. Da wird kein Vorwurf draus. Immerhin war der Grund für eine revolutionäre Haltung überall evident. Obszöne Ausbeutung, Kinderarbeit, Knechtschaft durch Armut. Nur, das Ergebnis waren Lenin, Stalin und Mao. Und mit ihnen unmenschliche Diktaturen, die die Ungerechtigkeiten des in der industriellen Revolution befindlichen Englands oder Deutschlands noch weit in den Schatten stellten. Wir lernen: Mit einer fatalistischen Philosophie, die in einer Tradition von Denkern wie Spinoza, Nietzsche, Foucault oder Dürrenmatt steht, kommt man zu brauchbaren Erkenntnissen, aber nicht zu einem revolutionären Programm. Dazu muss man ein idealistisches Programm erstellen, das zum Beispiel einer Utopie nachjagt. Das Problem dabei: Idealistische Programme sind zwar emotional durchaus befriedigend, aber leider nicht richtig. Und auf der Basis von falschen Überlegungen zu einem richtigen Ergebnis zu kommen ist nicht leicht. Obwohl, auch auf der Basis von richtigen Überlegungen kommt man nur schwer zu richtigen Ergebnissen. Aber man darf sich dann vielleicht ganz persönlich für sich die Freiheit nehmen, über seinen Misserfolg zu lachen.

Dieses Buch hat also zweierlei Funktionen. Auf der einen Seite geht es darum, dem Debakel Welt gegenüber eine existenzielle Haltung zu gewinnen, die auf Beschönigungen verzichten kann und dennoch nicht in Verzweiflung mündet. Auf der anderen Seite aber steckt da wohl immer noch die aufklärerische Hoffnung drin, Sie mögen sich

doch nicht vom humoristischen Fatalismus anstecken lassen, sondern trotzig nach Lösungen suchen, die ich nicht sehen kann. Obgleich ich dem Prinzip Hoffnung gegenüber doch sehr skeptisch bin (siehe »Zugabe«).

Denn bevor man handlungsfähig werden könnte, müsste man zunächst eine große Schwierigkeit überwinden: Unglauben.

Wenn ich, besonders in der Wiesn-Zeit, artig in Spaßtracht gewandete Mitmenschen durch die Straßen meiner schönen Stadt wanken sehe und am unsteten Blick ihrer geröteten Augen erkenne, dass sie weder wissen, wo sie sind, noch genau, wer sie sind, und wenn ich dann beobachte, wie diese so vom Fun Gebeutelten auf den Grünstreifen reihern oder ihre biergefüllten Blasen an Hauswänden erleichtern, dann kann ich mir einfach nicht vorstellen, dass das alles bald ein Ende haben soll. Es mag seltsam erscheinen, aber gerade das Schwanken der Wiesn-Opfer lässt den Boden, auf dem sie schwanken, umso sicherer erscheinen. Es ist dieses blinde, blöd gesoffene Vertrauen, das ansteckend ist. Wäre Gefahr im Verzug, niemand würde sich so gehen lassen.

Und auch wer die sich ins Koma saufenden Minderjährigen betrachtet, der wird möglicherweise dem österreichischen Philosophen Robert Pfaller zustimmen und vermuten, hier ginge es zwar schon um Furcht, aber auf keinen Fall um Zukunftsangst. Eher um eine Furcht vor den Zwängen des Ich, die so strikt sind, dass nur die völlige Selbstauflösung der Ich-Person im Alkohol das Loslassen von den strengen Forderungen des Dauerposierens erlaubt. Die Imperative der Gegenwart schrecken die Kinder. Die Zukunft

Rosl: »Was meinst Resl, jetzt speibt er gleich.« Resl: »Er hat doch schon g'spiebn.« Rosl: »Ja, ja. Halt noch mal.« Resl: »Ja, des kann sein.«

ist kein Thema. Sie ist für sie ebenso bedrohlich wie für uns. Nämlich ausschließlich abstrakt. Geht man vorbei an rechtschaffenen Reihenhäusern und durch blank geputzte Fußgängerzonen, dann verrät nichts, dass das alles bald ein Ende haben könnte. Oder einen radikalen Daseins-Einschnitt verkraften müsste. Die Furcht vor dem Kommenden bleibt uns so nah-fern wie die Angst vor dem Tod. Auch die ist zwar unser ständiger Begleiter; aber eher wie ein stiller Gefährte. Kaum je meldet er sich zu Wort. Allzu oft verdeckt von den Geschäftigkeiten des täglichen Nahkampfs mit Alltagsbanalitäten, taucht die Todesfurcht nur selten und meist peripher am Blickfeldrand auf. Einen Einfluss auf unsere Lebensentscheidungen hat sie bei den meisten noch seltener. Falls uns der Arzt nicht gerade eröffnet hat,

dass wir einen inoperablen Gehirntumor herangebildet haben, leben wir gewöhnlich so, als gäbe es kein Ende. Nicht, dass wir von unserem Tod nichts wüssten, wir haben ihn nur schon eingepreist. Jedes Memento mori verdampft in unverbindlichem: »Ja, ja – weiß schon.« Und ebenso verhält es sich mit der Metakrise. Auch von der haben wir gehört und halten das Gehörte sogar für wahr, nur eben nicht für so wahr, dass wir von kassandrischer Hysterie befeuert durch die Straßen laufen würden, um »Feuer« zu rufen. Auch hier eben nur »ja, ja, schon schlimm, aber ...«.

Lauschen wir einem Gespräch zwischen Fritz Glunk, dem Herausgeber der Zeitschrift »Gazette« (www.gazette.de), und Franz-Theo Gottwald, dem Dozenten für Politische Ökologie an der Hochschule für Politik in München und Vorstand der Schweisfurth-Stiftung (»Gazette«, 31/2011).

Glunk: Die Lage wird aber nicht rosiger. Im Gegenteil: Wir scheinen zu erleben, dass in wenigen Jahren mehrere Krisen gleichzeitig auftreten: die andauernde Finanzkrise, eine Klimakrise, eine wachsende Weltbevölkerung, Ressourcenknappheit, die Energiekrise, steigende Lebensmittelpreise. Wie will ein mit durchschnittlichen geistigen Fähigkeiten ausgestatteter Politiker mit all dem gleichzeitig fertig werden, falls er nicht einfach das tut, was jeder Mensch tut, wenn eine zu große Bedrohung auf ihn zukommt: Er schließt die Augen?

Gottwald: Das ist leider das, was wir derzeit konstatieren müssen. Wir haben ein »Overstressed-System«. Das Thema Burn-out, das in persönlich-privaten oder auch in be-

ruflichen Kontexten so vermehrt auftritt, ist ein Anzeichen dafür, dass das System insgesamt, also diese globale Form des Wirtschaftens, der Ausbeutung von Ressourcen (auch, hart ausgedrückt: der Ressource Arbeitskraft), auf ein – man kann es kaum mit einem präziseren Bild ausdrücken – »Ausgebranntsein« zusteuert. Was uns bleibt, ist ein »muddling through«, ein Durchwursteln, und ich kann das nicht einmal jemandem verdenken. Die Komplexität der wechselseitigen Abhängigkeiten ist einfach zu groß geworden. Dabei haben wir vom Anstieg des Meeresspiegels, dem Abschmelzen der Gletscher, dem Auftauen der Permafrostböden noch gar nicht gesprochen. Einerseits hat uns Wissenschaft geholfen, dies alles diagnostizieren zu können, andererseits ist die Wissenschaft grosso modo ungeeignet, Lösungen zu produzieren. Deshalb entwickelt sie ja auch immer wieder verschiedene Szenarien und streitet kräftig über deren Bedeutung.

Glunk: Aber das Zusammentreffen der genannten Krisen in einem zeitlich recht überschaubaren Rahmen ist doch wohl kein Szenario, sondern ein sicheres Eintreten, eine naturwissenschaftliche Entwicklung, die wir ja schon beobachten können.

Gottwald: Das ist richtig. Dieses Zusammentreffen wird wohl bis etwa 2015 stattfinden. Die meisten von uns wird es also treffen, und den Älteren bleibt kaum die Hoffnung, es nicht mehr erleben zu müssen. Ich halte auch James Lovelocks Prognose einer radikalen Bevölkerungsabnahme nicht für unrealistisch: Derzeit haben wir sieben Milli-

arden Menschen auf der Erde, im Jahr 2020, sagt er, werden es noch 200 Millionen sein – oder lassen Sie es auch eine Milliarde sein. Die anderen kommen durch Unruhen um, durch Kriege, durch Epidemien, durch Klimaveränderungen – durch Zustände also, aus denen man nicht schnell genug emigrieren kann in Zonen, wo das Leben noch erträglich ist und in die man sie einlässt.

Ich nehme an, Ihre erste Reaktion ist auch meine. Ich halte das – trotz allem, was ich in diesem Buch geschrieben habe – für mehr als übertrieben. So schlimm wird es schon nicht werden.

Der Satz, der einem da zuallererst durch den Kopf echot, lautet: »Die finden schon was.«

Wobei »die« vermutlich auch »die« sind, die uns das eingebrockt haben. Aber das ist gar nicht das Problem. Viel schlimmer ist Folgendes: »Die« müssen überhaupt nichts finden. Es ist alles schon da. Schon lange. Den Elektromotor gibt es gar länger als den Otto-Motor. Die Fähigkeit, mittels der Kraft der Sonne Wasser zu erhitzen, um eine Turbine anzutreiben, hat die Ingenieurswissenschaft auch schon länger. Und natürlich könnten wir mittels solarthermischer Kraftwerke den Energiebedarf der Welt nicht nur jetzt, sondern auch in der näheren Zukunft mehr als decken. In puncto Energieversorgung muss man also nichts finden, um von der Verbrennung von fossilen Rohstoffen loszukommen. Nahrungsmittel gibt es weltweit ebenfalls mehr als genug, um sieben Milliarden satt zu machen. Wir werfen sie nur weg, anstatt die Hungernden zu speisen.

Desgleichen gibt es längst Erfolg versprechende Konzepte für die Schonung der Trinkwasser-Ressourcen. Zuverlässige Verhütungsmittel gibt es auch schon lange – im Prinzip wäre also auch hier die Technik, um die Überbevölkerung zu bekämpfen, vorhanden. Ja, sogar Seuchen wie AIDS oder Malaria sind längst durch wirkungsvolle Medikamente für die Patienten sehr erträglich gemacht worden. Nur, der größere Teil der Infizierten bekommt sie nicht! Die Liste ließe sich endlos fortsetzen.

»Die« müssen also nichts finden, sie haben längst etwas gefunden. Wir besitzen die technische Grundausstattung, um unsere Zivilisation zu retten und auf der Erde annähernd für Chancengleichheit und Gerechtigkeit zu sorgen. Das Know-how ist da. Die Technik ist da. Aber ist der Wille da?

Ja, vielleicht sogar der, aber das genügt offenbar nicht.

Denn all diese Segnungen und vernünftigen Lösungen kommen ja nicht zum Einsatz. Unser Wirtschafts- und Gesellschaftssystem, das System zur Verteilung von Macht und Mitteln, das wir erzeugt haben, fördert vernünftige und gerechte Lösungen einfach nicht! Sondern ihr Gegenteil!

Das Jahr 2010 war das Jahr mit den größten CO_2-Emissionen aller Zeiten. Viel größer, als selbst die pessimistischsten Experten das vorhergesagt hatten. Und natürlich wissen die Inder und die Chinesen, die jetzt auf die vorderen Verschmutzerplätze drängen, was das bedeutet. Es schert sie nur nicht. Sie wollen ihren Teil vom Kuchen, und sie bekommen ihn, koste es, was es wolle.

Es wird Zeit, dass wir es einsehen: Wir sind »die«. Ent-

weder finden wir eine Lösung oder keiner. Ich als Teil dieses »Wir« allerdings sehe bislang keine tragfähige Lösung.

Sicher, gern wird auch gesagt, die weltweite und existenzielle Bedrohung könnte doch zu einem wirklichen »Eine-Welt-Wir-Gefühl« führen. Mag sein. Bislang aber merkt man im Großen und Ganzen eher das Gegenteil. Wenn die Lage ernst wird, hören schon die Europäer auf, »Europäer« zu sein. Sie sind dann wieder Deutsche, Franzosen und Engländer – aber ganz dezidiert Nicht-Griechen. Dass also eine weltumspannende Bedrohung ein »Eine-Welt-Gefühl« evozieren könnte, halte ich eher für unwahrscheinlich.

Wäre das aber alles wahr, müssten wir dann nicht sofort bei dem, was wir gerade machen, innehalten, Sie also aufhören zu lesen, ich zu schreiben, um dann, ja, was dann ...?

Uns bewaffnen?

Nahrungsmittel horten?

Uns auf den Marktplatz stellen, um in flammender Rede die Mitmenschen zur Umkehr aufrufen?

Sicher, die Einschätzungen könnten falsch sein. Das Zusammentreffen der Krisen und ihre Vereinigung zur Metakrise könnten auch erst 2020 stattfinden. Und der vorhergesagte Megatod könnte doch auch erst 2030 oder später eintreten. Der Imperativ aber bliebe gleich: Du musst handeln! Jetzt!

Wir handeln aber nicht. Ich handle nicht. Und nicht nur deswegen nicht, weil ich nicht weiß wie. Ein wichtiger Punkt sicherlich, aber nicht der wesentliche. Der wesentliche Punkt ist – wir glauben es nicht. Und dieses »wir« schließt eindeutig auch mich ein. Ich glaube es nicht. Ich

kann mir nicht vorstellen, dass mein Leben sich bald radikal ändert. Oder besser – ich kann es mir schon *vorstellen,* aber nur so wie in einem Roman oder einem Film. Die Vorstellung bleibt äußerlich, narrativ und unwahrhaftig. Dass der Gesamtrahmen, der die eigene Existenz ausmacht, auseinanderbrechen könnte, muss abstrakt bleiben, weil ein Auseinanderfallen auch eine radikale und deswegen unvorstellbare Neustrukturierung der in ihm lebenden Subjekte erfordert. Also ein Paradox.

Ich kann mir nicht vorstellen, dass meine Welt zerfällt, weil ich mir mich selbst nicht radikal anders denken kann. Das kann ich wohl erst, wenn ich muss, also wenn sich der Gesamtrahmen verändert hat.

Dann aber wird meine Vergangenheit zum Narrativ. Also die Gegenwart? Diese Gegenwart, in der diese Zeilen geschrieben werden, wird für mein zukünftiges Ich unvorstellbar werden – werden müssen, weil es sich sonst nicht konstruieren kann?

Bei Sloterdijk heißt es: Du musst dein Leben ändern. Aber nach diesen Überlegungen bedeutet das eher: Du musst dich von deinem Leben ändern lassen. Zulassen, was kommt.

Nicht, dass Sie jetzt glauben, ich sei überraschend ins Lager der Esoteriker übergewechselt. Also gar nicht. Die Unverständlichkeit der Welt reicht mir schon so, auch ohne ein krudes Sammelsurium aus inkohärenten Regeln und aus der Luft gegriffenen Thesen. Aber die Tarotkarte »Der Gehängte« gefällt mir. Ich verstehe sie so, dass man, wenn man glaubt, die Welt stünde auf dem Kopf, möglicherweise

Jetzt einfach die Perspektive ändern, dann ist die Welt wieder richtig herum. Viel Spaß.

selbst auf dem Kopf steht. Jetzt bringt es aber nichts, sich losmachen zu wollen, immerhin ist man festgebunden und an sich hilflos. Aber man kann seine Realität neu konstruieren, dann stimmt alles wieder, auch wenn sich an der Welt freilich nichts geändert hat. (Und tatsächlich: Wenn man lange genug auf dem Kopf steht, »schaltet« das Gehirn um und stellt die Welt wieder auf die »Füße«. Steht man dann allerdings tatsächlich wieder auf den Füßen, braucht das Gehirn wieder einige Zeit, um sich erneut anzupassen.)

Worauf ich hinauswill, ist, dass man immer nur Ge-

schichten erzählt. Auch sich selbst. Die Geschichte ist nur eine Geschichte über die Geschichte, ebenso wie die Gegenwart eine Geschichte über die Gegenwart ist, und selbstverständlich lässt sich auch die Zukunft nur erzählen. Das ist die Art, wie wir uns der Wirklichkeit sowohl annähern als auch vor ihr schützen. Hängt eben von der Geschichte ab. Und wenn ich meine, man könne sich dem Erwartbaren der näheren Zukunft nur über ein Narrativ nähern, dann ist für mich der relevanteste Geschichtenerzähler der kürzlich verstorbene britische Autor J. G. Ballard. Der war 1930 in Shanghai geboren worden und wuchs die ersten Jahre seines Lebens im reichen Botschafterviertel der Stadt auf, bis er und seine Eltern 1943 während des Einmarschs der Japaner in ein Internierungslager kamen, wo er seine Pubertät verlebte. Er hatte also die krassen sozialen Unterschiede, die unsere Welt ausmachen, schon in seinen frühen Jahren von beiden Seiten erlebt. Das wiederum sollte ihn dann den Rest seines Lebens beschäftigen. Ballard wird meist bei Science-Fiction einsortiert, doch dort gehört er nur zum Teil hin. Zum Teil deswegen, weil ihn die üblichen Utopien und Omnipotenzphantasien, die dort in aller Regel verhandelt werden, nicht interessieren. Was ihn aber interessiert, ist, wie Fortschritt gesellschaftliche Veränderungen erzwingt, und die Frage, wohin unser Leben uns führt. Die Science-Fiction ist hier (wie bei jeder guten Literatur) eine Verschärfung der Gegenwart. Ein konsequentes Zu-Ende-Denken dessen, was vorliegt. Von Ballard stammt die Aussage, dass man seit der Mitte des 20. Jahrhunderts mehr aus der Zukunft lernen könne als aus der Vergangenheit.

(Wobei man doch aus der Vergangenheit bislang ohnehin nie was …? Egal.)

Weil das, was an technischen Veränderungen passiert, bedeutsamer in den Verlauf der Dinge eingreift als die gewachsenen Strukturen mit ihrer determinierenden Kraft. Seine Figuren müssen sich immer dramatischen Veränderungen ihres Lebens stellen. Mal geht die Welt unter, weil eine Klimakatastrophe das Leben unmöglich macht. Mal finden sich Menschen in einer Welt, die eigentlich nicht mehr bewohnbar ist. Um sich aber dem Druck von außen anzupassen, bemächtigen sich die Figuren Ballards des Neuen, passen sich an und streifen ihre alten Ichs ab. Und das, was anfänglich eine Katastrophe war, wird zum Lebensinhalt – wird zu etwas, das man begrüßen muss. Es geht immer darum, dem Strom des Daseins zunächst entgegenzutreten, dann die Sinnlosigkeit dieses Unterfangens einzusehen, um dann die Welt, so, wie sie nun mal ist, anzunehmen und in sich aufzunehmen. Die oft gewalttätigen Veränderungen der Umwelt werden nicht abgelehnt, vielleicht auch nicht direkt begrüßt, aber akzeptiert. Ballards Figuren verabschieden sich von der Gegenwart und nehmen die (katastrophalen) Veränderungen in sich auf.

Das ist so ähnlich wie beim Surfen. Ich kann das leider nicht, aber es leuchtet mir total ein. Beim Surfen ist die Welle deutlich mächtiger als der Surfer. Der Surfer kann die Welle nicht bekämpfen, aber er kann auf ihr reiten. Damit ist er nicht wirklich der Herr der Welle, aber er kann sich so fühlen. Sein Geschick und seine Balance erheben ihn über den mechanischen Vorgang der Wasserumwälzung in

Strandnähe und geben dem Ganzen etwas Poetisches. Die Welle ist determiniert von Naturgesetzen. Auch der Surfer ist es. Er ist nicht frei zu tun, was er will. Er unterliegt, ebenso wie das ihn umgebende Wasser, den Regeln der Physik. Aber er kann, im Rahmen der Möglichkeiten, die die Welle und die Strömungsmechanik ihm lassen, seine Tricks machen. Und die Zuschauer am Strand und vielleicht auch der Surfer selbst glauben dann für einen Moment, er wäre tatsächlich der Herr der Situation. Mehr geht nicht. Mehr soll man vermutlich auch nicht wollen.

Das ist eine irgendwie tröstliche Vorstellung für mich. Aber wie schon erwähnt: Ich kann nicht surfen. Ich würde wohl untergehen, wenn die Welle kommt. Aber denen, die surfen können und wollen, werde ich gern so lange mit Begeisterung zusehen, solange ich kann.

ZUGABE

Hoffnung

Im Allgemeinen gilt sie als gut beleumundet. Wird sie doch oft zusammen mit Glaube und Liebe gesehen. Und wenn das Trio »Glaube, Hoffnung, Liebe« mal wieder antritt, um in Hollywood-Filmen oder Sonntagsreden die Welt oder wenigstens den Tag zu retten, fühlen sich nach vollzogener Rettung alle geläutert. Das Bild für die Hoffnung in der jüdisch-christlichen Tradition ist der Ölzweig. Sie erinnern sich: Nachdem der Herr wieder einmal einen seiner Wutanfälle hatte, weil man sich in Sodom und Gomorrha der sexuellen Unzuverlässigkeit hingegeben hatte, überschwemmte er seine Schöpfung erneut mit den im ersten Kapitel der Bibel erwähnten Wassern, um die ganze moralisch verkommene Schweinebande zu ersäufen. Nur Noah und seine Familie, von nun an zum Inzest verurteilt, sollten für den Neuanfang der Menschheit stehen und wurden deswegen vom Zorn des Herrn verschont. Mit ihnen zusammen auf der Arche alle Tiere der Welt. Je zwei von jeder Art. (Muss das gestunken haben.) Immer Männchen und Weibchen. Nach 40 Tagen Schöpfungsersäufen aber will Noah mal sehen, ob sich sein impulsgestörter Gott wieder eingekriegt hat. Er lässt eine Taube fliegen (eigentlich drei, aber das kann man abkürzen),

und die kommt mit einem Ölzweig zurück, dem Nachweis für festes Land. Die Welt kann also neu besiedelt werden. Wir wissen heute, der Ölzweig im Schnabel eines Vogels steht für die Hoffnung, dass das Leben weitergeht. Also dafür, dass Gott sich beruhigt hat und er weiterhin sein Ritalin nimmt.

Interessant und lehrreich könnte es in diesem Zusammenhang sein, sich den mythischen Ursprung der Hoffnung anzusehen. Ein Mythos ist ein von Menschen erdichtetes Gleichnis zum Zweck der Welterklärung. Also eine Geschichte, die man erfunden hat, um schwierige, aber bedeutende Fragen zu klären wie: Warum sind wir da? Warum geht es uns oft schlecht? Was soll das Ganze?

Der Mythos klärt die Fragen, und um die Antworten, die er gibt, zu glauben, muss man nur vergessen, dass man ihn erfunden hat. Das klingt problematisch, ist es aber nicht, weil ja der Mythos nur dann erklärende Kraft hat, *wenn* man vergisst, dass man ihn selbst zusammengedichtet hat. Bei einer so guten Begründung schaltet das Hirn sofort auf selektive Amnesie. Oder es läuft einfach so, dass die Eltern ihren Kindern die Geschichte erzählen und die Tatsache, dass es nur eine Geschichte ist, schlicht weglassen. Kinder glauben ihren Eltern alles: den Osterhasen, den Weihnachtsmann, Jahwe oder Zeus. Egal.

Die Geschichte, die die Griechen erdichtet haben, um die Herkunft der Hoffnung zu klären, erklärt auch gleich noch mit, warum wir Menschen überhaupt existieren und warum es uns meist nur so mittelprächtig geht. Es geht um die Geschichte von Prometheus, der die Menschen erschaffen hatte, als Gegengewicht zu den total irrationalen Göttern.

Es war so: Die Götter der Griechen hatten nichts Besseres zu tun, als sich unablässig gegenseitig zu begatten, zu betrügen oder sich mit Gebirgen zu bewerfen. Diese völlig irrationale Ader, die die Griechen ihren Göttern angedichtet hatten, sollte wohl erklären, warum sich die Welt um sie herum ständig so wahnsinnig verhielt. Warum ist mein Vetter bei einem Erdbeben umgekommen, wo er doch an sich ein netter Kerl war? Warum ist meine Schwester von einem Blitz erschlagen worden, als sie Schafe hüten war? Da man noch kein Konzept von sich verschiebenden Kontinentalplatten und Elektrizität hatte, musste man alle unerklärlichen Phänomene auf die Götter schieben. Ob Sturmkatastrophe, verhagelte Ernte, Steinschlag auf der Ziegenalm, Erektionsschwäche oder Blindheit nach Ouzo-Genuss. Alles Launen von Göttern, die einfach machten, was ihnen gerade in den Sinn kam. Manchmal waren sie auch gnädig, dann hatte man Glück. Aber manchmal eben nicht. Warum genau man sie erzürnt hatte, wusste man nicht, aber man merkte es immer. Die Griechen als Erfinder der Logik konnten sich eben keinen gütigen und allmächtigen Gott vorstellen, der aber dennoch Unheil zulässt, was einem dann anschließend als Mysterium verkauft wird. Sie stellten sich die Götter gleich als therapie-bedürftige Soziopathen vor, die aber leider mit zu viel Macht ausgestattet waren.

Prometheus jedoch gehört nicht zu den verrückten Göttern, er steht für Rationalität, denn auch die gibt es nun mal. Als Gegenbild zu den irren Göttern entwirft er die vernünftigen Menschen. Die sind zwar wie die Götter unsterblich, aber stehen in der Hierarchie deutlich unter ihnen. Sie

haben keine weltenerschaffenden magischen Kräfte, aber sie sind sehr zufrieden mit sich, denn sie kennen auch keine Sexualität. Die bräuchten auch die Götter logischerweise nicht, weil sie ja unsterblich sind, und wer unsterblich ist, muss sich nicht fortpflanzen, weil ja niemand stirbt. Sex und Tod sind die Motoren der Entwicklung in der Evolution. Aber von Darwin hatten die Griechen noch nichts gehört, deswegen ließen sie die Götter auch hauptsächlich von den Impulsen durchbeuteln, die sie selbst tagtäglich durchbeutelten. Aber die Geschöpfe von Prometheus sind geschlechtslos. Oder genauer, sie sind beidgeschlechtlich. Mann/Frau-Kugelwesen mit vier Armen und vier Beinen. Sozusagen rundum zufrieden. Um seine Kreaturen nun doch ein wenig upzugraden, stibitzt Prometheus das Feuer vom Sonnenwagen seines Vetters Helios. Das gefällt Zeus, der neben göttlicher Libido auch mit göttlicher Paranoia ausgestattet ist, überhaupt nicht. Die Menschen, die Prometheus da gemacht hat, sind ihm unheimlich. Deswegen beschließt er, sie zu schwächen, und schickt ihnen Pandora, die »Allesgeberin«, nebst ihrer berühmten Büchse. Man kennt die Geschichte: Die Büchse wird geöffnet, und heraus flattern alle Übel, die die Menschheit bis heute kennt, Tod, Leid, Verzweiflung, Krieg, Eifersucht, Bürokratie, Keuchhusten, Infotainment, SUVs und Völkermord. Doch zuallerletzt entfliegt noch die Hoffnung der Büchse der Pandora.

So, ist die Hoffnung nun das Gute in all dem Schlechten oder sogar das Schlechteste vom Schlechten? Bevor wir das entscheiden, falls das überhaupt in dieser Klarheit möglich ist, sehen wir uns den Mythos noch einmal genauer an.

Da stimmt doch was nicht.

Warum sollten die prometheischen Menschen, diese öden Vulkanier, die Büchse überhaupt aufgemacht haben?

Ist es denn rational, die Schachtel des Bösen der »Allesgeberin« zu öffnen? Ist es rational, *alles* zu wollen?

Tatsächlich wollen die Prometheus-Menschen überhaupt nichts. Sie haben alles. Nichts fehlt. Sie sind wunschlos. Nicht glücklich allerdings. Aber wunschlos. Ihr Zustand ist eine Abstraktion. Es gibt nichts, was sie antreiben könnte. Sie müssen sich nicht fortpflanzen, also sind ihnen die damit verbundenen Gefühle fremd. Sie sterben auch nicht, also kennen sie keine Ängste oder Neurosen, mit denen sie umzugehen hätten. Tatsächlich können sie überhaupt keine Gefühle haben, ebenso wenig wie die Götter. Denn alle unsere Empfindungen beziehen sich auf Sex oder Tod; auf unsere Endlichkeit. Wir empfinden Essen als lustvoll, weil es uns erhält. Wir empfinden das meiste, was uns erhält, als lustvoll, weil Erhaltung einen wesentlichen Teil unseres biologischen Grundprogramms darstellt. Sicher, Spinat und Vollkornbrot mögen die Ausnahme bilden. Gleichwohl – es gibt auch Dinge, die uns nicht erhalten und die wir dennoch als lustvoll empfinden, die aber lassen sich allesamt in die Kategorie Sex einordnen. Wenn wir Dinge tun, die offensiv unvernünftig sind, dann deswegen, weil mit dem Sex die Konkurrenz in die Welt gekommen ist. Wir konkurrieren um Partner und machen deswegen mitunter lebensbedrohliche Dinge, um potenzielle Partner zu beeindrucken. Deswegen versuchen wir, in der Hierarchie möglichst weit nach oben zu kommen, weil Macht attraktiv macht. Das

wäre jetzt so grob das Programm von Wilhelm Reich. Aber man kann das auch umdrehen und behaupten, das allem zugrunde liegende Bedürfnis sei Macht. Dann üben wir eben Sex aus, um mächtig zu werden. So oder so. Im Ergebnis ist es gleich.

Und zu guter Letzt erzeugen wir Kultur im weitesten Sinne, um mit dem Phänomen des Todes umzugehen. Die Kultur ist gegen den Tod gebaut. Wer keinen Tod kennt, kennt auch keine Kultur. Wozu? Sie hätte keinen Sinn. So gesehen, verfügen die Menschen des Prometheus über überhaupt keinen Sinn. Sie sind bloße Existenz. Keine Gefühle, keine Leidenschaften, kein Streben. Hat Prometheus also mit einem von den griechischen Philosophen angestrebten Endzustand angefangen?

Die Erfinder des Mythos stellten diesen für wünschenswert scheinenden Endzustand an den Anfang der Geschichte der Menschheit, um zu erklären, warum sie so eine Sehnsucht danach haben. Und diese Sehnsucht ist eben das, was blieb, nachdem Göttervater Zeus dieser runden Zufriedenheit durch die »Allesgeberin« ein Ende gemacht hatte. Tatsächlich aber hat Zeus der Menschheit nicht nur die Plagen aufgebürdet, oh nein, um sie im Dasein zu halten, hat er ihnen mit der Maßnahme »Hoffnung« tatsächlich erst den *Sinn des Lebens* mitgegeben.

Denn ohne das Werden und Vergehen gibt es keine Gefühle, die sich ja immer auf Werden und Vergehen beziehen, und ohne Gefühle wiederum kann es auch kein Gefühl von Sinnhaftigkeit geben. Der an sich völlig irrwitzige Gedanke der Unsterblichkeit, der ja allgemein dem »Geis-

tigen« zugeordnet wird, entstammt ursprünglich dem Imperativ der Biologie »nicht sterben!« und also damit dem schlechthin Materialistischen. Der Körper gibt uns den Auftrag der Selbsterhaltung. Der Verstand aber muss das Werden und Vergehen bejahen.

Die Büchse der Pandora ist die Geschlechtlichkeit. Pandora ist das erste geschlechtlich definierte Wesen. Bei den Griechen selbstverständlich eine Frau, ganz noch dem Motto: *No woman, no cry.* Denn für die Griechen waren Frauen keine richtigen Menschen, sondern Störungen der Eitelkeit der Männer. Die wollten wunschlos sein, weil schon allein die Tatsache, dass man Bedürfnisse hat, darauf verweist, dass man nicht vollständig ist. Wer einen Wunsch hat, will etwas, wer etwas will, zeigt dadurch, dass ihm etwas fehlt. Der Ursprung allen Unglücks in den Augen der Griechen und von ihnen ausgehend ein zentrales musikalisches Thema im Denken des christlichen Abendlands. Tausend Mal durchexerziert in unterschiedlichster Orchestrierung. Dabei aber wurde vergessen, dass auch Lust, Glück und Erfüllung erst mit Pandora bei den runden Ödmenschen des Prometheus ankommen. Ich denke, alles das wird klarer, wenn man die Geschichte noch einmal erzählt, diesmal aber stufenweise.

Also, es war zunächst so, Zeus schickt Pandora mitsamt Büchse, und auf selbiger steht: Bitte nicht öffnen! Ein Scherz von Zeus, der weiß, wenn er seinen neurotischen Götterkollegen einen Streich spielen wollte, dann könnten sie einer solchen Versuchung niemals widerstehen. Die rationalen Kugelmenschen aber akzeptieren die Anweisung ohne den

leisesten Hauch von Widerspruchsgeist. Sie nehmen Pandora bei sich auf, obwohl sie ihnen mit ihrer geschlechtlichen Eindeutigkeit unheimlich ist, und öden sie dann an.

Zeus bemerkt, dass das so nicht geht. Er ruft Pandora zurück, ändert die Aufschrift auf der Büchse zu »Bitte öffnen. Überraschung!« und schickt sie wieder zurück. Die Kugelmenschen mögen keine Überraschungen, auch wenn sie gar nicht richtig wissen, was das eigentlich sein soll. Klingt aber gefährlich und unvernünftig. Aber dem Gebot eines Gottes, dem sie in der Hierarchie unterstellt sind, zu widerstehen ist inakzeptabel, deswegen öffnen sie die Büchse. Heraus springen Tod, Not, Leid, Zahnweh, Zwangsneurosen und Behördenöffnungszeiten, Reality TV – also das volle Pogrom. Zeus freut sich diebisch über das Gelingen seins Plans. Oder besser, er tut so, als freue er sich – Götter kennen keine Freude. Aber er hat sich in den Menschen getäuscht, weil er sie nicht versteht. Denn die Menschen, jetzt mit Leiden und Sehnsüchten ausgestattet, sterben nach einer Generation aus. Ihre Analyse eines absurden Daseins im Zustand von Ohnmacht und Tod verbietet es rationalen Wesen wie ihnen, Nachkommen in die Welt zu setzen. Einige begehen auch Selbstmord. Kurz, Zeus hat zwar gewonnen, die (eingebildete) Bedrohung Menschheit ist beseitigt, aber dafür ist ihm wieder kreuzfad.

Und er hat Prometheus vergessen. Der lässt sich nicht entmutigen und erschafft die Menschheit erneut. Und um sie gegen die Angriffe von Zeus zu wappnen, macht er sie noch rationaler und logischer als vorher. Zeus schickt also wiederum Pandora, das Ganze wiederholt sich. Nur der Un-

tergang der Menschheit geht noch schneller. Als die noch rationaleren Menschen ihre Situation begreifen, begehen diesmal alle sofort Selbstmord. Aber die Götter sind grausam. Titanen auch. Prometheus erschafft erneut. Zeus schickt wieder Pandora, die Menschen sterben. Endlos. Wieder und wieder. Unendlich gleich, unendlich langweilig.

Schließlich beschließt Zeus, etwas gänzlich Ungewöhnliches zu tun. Er denkt nach. Das hatte er bislang noch nie getan, sondern war immer nur seinen vagen und für ihn an sich bedeutungslosen Impulsen gefolgt. Doch sein einziges Problem, das er tatsächlich hat, ist die Langeweile. Er hat ein Ich. Vage, verblasen, aber es ist da. Und dieses Ich steht vor der unlösbaren Aufgabe, mit der Ewigkeit fertig zu werden. Sie ist nicht zu füllen. Die Ödnis seines Daseins ist nicht auszuhalten. Man könnte sich in einen Berg verwandeln, um dann langsam zu erodieren. Aber so richtig sexy klingt das auch nicht. Eigentlich will er mit den Menschen spielen. Wenn sie so verzweifelt sind, das gefällt ihm. Auch wenn er nicht versteht warum, aber er fühlt, dass diese Verzweiflung noch immer besser und erstrebenswerter ist als die ewige Nutzlosigkeit der Götter. Wenn sie nur nicht immer gleich aussterben würden. Dann wären sie noch viel unterhaltsamer.

Er würde ihnen also etwas geben, das sie im Dasein hält. Nur was? Hatte er nicht schon alles versucht? Hatte er in die Büchse der Allesgeberin nicht auch längst die Ekstase, den Taumel und die Lust gepackt? Das hatte zwar dafür gesorgt, dass die Menschen sich in einem wilden Spektakel der Lust zu Tode brachten, aber die verfluchte Vernünftigkeit, die

Prometheus ihnen eingebaut hatte, sorgte dennoch immer dafür, dass sie keine Nachkommen zeugten. Als Zeus dann noch den Hass und die Verantwortungslosigkeit und die Mordlust dazugab, zeugten zwar einige, aber die Kinder hatten in der Ego-Gesellschaft, die sich jetzt gebildet hatte, keine Chance, Teenager zu werden. Also was tun? Es musste etwas sein, das rational und irrational zugleich wäre. Etwas, das die Menschen im Leben hält und das Werden und Vergehen bejahen lässt, sogar dann, wenn alle vernünftigen Argumente dagegen sprechen.

Schließlich kommt er auf den rettenden Gedanken und packt die Hoffnung in die Büchse.

Das Ergebnis: Die Menschheit bleibt und gedeiht, obwohl sie leidet und stirbt, von Geburt an. Sein Meisterstück. Jetzt wird er sich an ihnen erfreuen und lernen, wie es ist, im Jetzt zu sein und die Ewigkeit einen Augenblick zu vergessen.

Die Menschen jedoch werden ebenfalls kreativ. Um ihr Los auszuhalten, erfinden sie etwas, das die Götter niemals verstehen werden. Etwas, das vielleicht nicht völlig losgelöst von der Biologie, aber dennoch nur locker verbunden mit deren Zwängen ist. Etwas, das einen über die Leidenschaften, die Götter und das Schicksal stellt und dabei doch immer die Endlichkeit und Grausamkeit des Daseins bejaht: *Den Humor.*

»What are days for?
To wake us up
To put between the endless nights ...«
Laurie Anderson

Dank

Vielen Dank für wertvolle Gespräche voll von Hinweisen und Inspirationen, für das Abhören von endlosen Monologen, für gute Witze und das Bewahrtwerden vor schlechten: an Prof. Harald Lesch, Prof. Harald Welzer, Fritz Glunk, Felix Zeltner, Michael Rieser, Anette Kunstmann. Besonderer Dank geht an Britta Egetemeier, die dem Wortschwall Struktur verlieh, und freilich Dagmar, Dagmar, Dagmar … für alles.

Em. o. Univ.-Prof. Dr. med. univ.
Dr. h. c. Werner Platzer
Ehem. Vorstand des Institutes für Anatomie
der Universität Innsbruck

Zeichnungen:
Prof. Gerhard Spitzer, Frankfurt/Main
unter Mitarbeit von Stefanie Gay,
Lothar Schnellbächer und Stefan Spitzer

CIP-Titelaufnahme der Deutschen Bibliothek
(beantragt)

1. Auflage 1975
2. Auflage 1978
3. Auflage 1979
4. Auflage 1984
5. Auflage 1986
6. Auflage 1991

1. englische Auflage 1978
2. englische Auflage 1984
3. englische Auflage 1986
4. englische Auflage 1992
1. französische Auflage 1978
2. französische Auflage 1983
1. griechische Auflage 1985
1. indonesische Auflage 1983
2. indonesische Auflage 1997
1. italienische Auflage 1979
2. italienische Auflage 1987
1. japanische Auflage 1979
2. japanische Auflage 1981
3. japanische Auflage 1983
4. japanische Auflage 1990
1. niederländische Auflage 1978
2. niederländische Auflage 1981
3. niederländische Auflage 1990
1. polnische Auflage 1996
1. portugiesische Auflage 1988
1. serbokroatische Auflage 1991
1. spanische Auflage 1977
2. spanische Auflage 1988
1. türkische Auflage 1987
1. ungarische Auflage 1996

Rüdigerstraße 14, D-70469 Stuttgart
Unsere Homepage: http://www.thieme.de
Printed in Germany

Umschlaggestaltung:
Martina Berge, Erbach/Ernsbach
Satz: Druckhaus Götz GmbH, Ludwigsburg
Druck: Universitätsdruckerei H. Stürtz AG, Würzburg

ISBN 3 13 492007 7
(Georg Thieme Verlag) 3 4 5 6